《author》
タンバ
《illustration》
へりがる
最強落第貴族の
剣魔極めし暗闘譚

CHARACTER

ロイ・ルヴェル

ルヴェル男爵家の落ちこぼれ、学院では劣等生の通称“落第貴族”。実は剣聖と大賢者の正体は彼であり、魔力の流れ“星脈”を感知できる。

白の剣聖クラウド

ロイが剣聖として活動する時の姿。アルビオス王国の守護神であり、七穹剣の第一席。二本の剣を扱い、圧倒的な実力を誇る。

黒の大賢者エクリプス

ロイが大賢者として活動する時の姿。ルテティア皇国が誇る十二天魔導の第一位。無限の魔力によって神々の力を再現する“神淵魔法”を扱う。

ユキナ・クロフォード

ロイと同じグラスレイン学院に通う魔剣科のクールな美少女。通称“氷剣姫”。A級の魔眼である天狼眼(シリウス・アーク)を持つ実力者で、ロイに興味を持つ。

アネット・ソニエール

ロイと同じ学院に通う魔導科の天真爛漫な少女。炎魔法に関する凄まじい才能を持っているが、魔力のコントロールは苦手。

レナ・ルヴェル

ロイの妹。学院の魔導科に通う優等生で、兄をやればできる人だと慕っている。ロイと同じく“星霊の使徒”であり、莫大な力を秘めている。

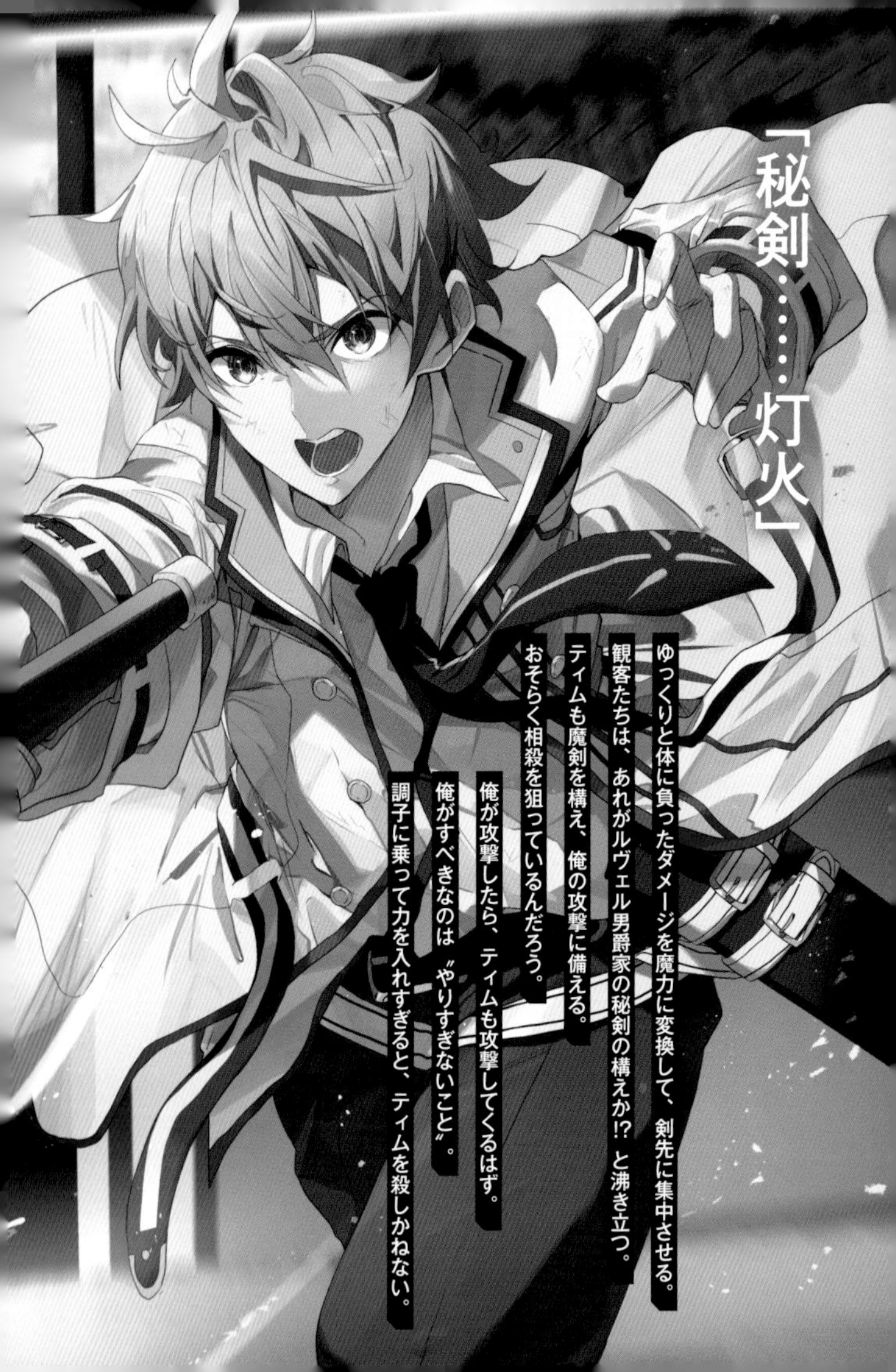
「秘剣……灯火」
ゆっくりと体に負ったダメージを魔力に変換して、剣先に集中させる。
観客たちは、あれがルヴェル男爵家の秘剣の構えか!? と沸き立つ。
ティムも魔剣を構え、俺の攻撃に備える。
おそらく相殺を狙っているんだろう。
俺が攻撃したら、ティムも攻撃してくるはず。
俺がすべきなのは〝やりすぎないこと〟。
調子に乗って力を入れすぎると、ティムを殺しかねない。

彼は実力を隠している……？

幻想猫が逃げ込んだ先は……

CONTENTS

The tale of the strongest fallen aristocrat's sword-magic masterful dark struggle.

最強落第貴族の剣魔極めし暗闘譚

タンバ

角川スニーカー文庫

23838

Illustration：へりがる
Design Work：atd inc.

第一章　氷剣姫

CHAPTER 01

1

亡き母が言っていた。

あなたは自由に生きなさい、と。

才能に左右されず、好きなことをやりなさい、と。

そんな世の中にしてあげる。そう言って戦場に旅立ち、母は帰ってこなかった。

しかし、いまだにその言葉は俺を縛る。

できるかぎり、その遺言を守って生きたいと常々思っているのだが、難儀なもので〝俺〟に自由はない。

俺にしかできないことが多すぎるからだ。

「進め!!　敵軍は退《ひ》いているぞ!　今日こそ、ルテティア皇国を落とすのだ!」

十万の軍勢を率いる将軍がそう威勢よく号令をかけた。

大陸のほぼ半分を領土としている超大国、ガリアール帝国がルテティア皇国の国境へ攻め込んできたのは今朝のことだった。

今は昼過ぎ。

侵攻に気づいた守備軍は足止めのため、今の今まで戦っていたが、いかんせん総勢二万。

十万の敵を食い止めるのは不可能だった。

どうにか時間を稼ぎつつ、国境の砦《とりで》まで退いてきた。

その様子を上空から眺めていた俺は、敵の司令部を特定し、そこへ右手を向ける。

急激な魔力の高まりを向けられて、敵も気づいたようだが、もう遅い。

「空に黒衣の魔導師!! 顔をフードで隠しているため、確認できませんが……あれは!!」

「馬鹿な!? 奴《やつ》は皇都にいるはずだぞ!? 上古の〝神淵魔法《しんえんまほう》〟を操る最強の魔導師……!!」

「神出鬼没との噂《うわさ》は本当か!? 防御態勢! 急いで防御魔法を発動させよ!!」

司令部を中心に半透明の膜のようなものが軍全体を覆っていく。

さすがに〝魔法の国〟と呼ばれるルテティアに侵攻してくるだけあって、備えは万全のようだ。

とはいえ、それはガリアール帝国目線での話。

俺から言わせれば全く足りてない。

「来《きた》れ、天罰の槍《やり》――【光神槍《ブリューナク》】」

空に五つの魔法陣。

そこから出現した五本の巨大な光槍《こうそう》が司令部へと次々に降りかかる。

敵軍が張った防御魔法は最初の一撃すら防げず、砕け散り、十万の軍勢を司《つかさど》る司令部は一瞬のうちに壊滅した。

指揮系統が完全に崩壊した十万の大軍は、ただ茫然《ぼうぜん》と空を見つめていた。

そして誰かが呟《つぶや》く。

「これが……〝黒の大賢者〟……エクリプス……!?!?」

言葉と同時に撤退が始まる。

撤退というよりは敗走だが。

恐れに包まれた兵士たちは我先にと帝国へと潰走していく。

司令部が壊滅した今、全軍を統率できる者はいない。

これで帝国がしばらく大人しくしてくれればいいんだが。

いちいち、呼び出されてはかなわない。

そう思いつつ、俺は砦のほうへ移動する。

「敵は敗走した。もう安心していい」

「さすがはルテティアが誇る最強の魔導師たち。〝十二天魔導《じゅうにてんまどう》〟の第一位、エクリプス様です！　お見事でした！　私も何度か十二天魔導の方々とご一緒したことはありますが、あそこまでの大魔法は見たことがありません！」

国境の守備軍を率いていた将軍がそう言って、俺を絶賛する。

見覚えがないため、おそらく新任だろう。

俺の魔法を見て、大興奮といった様子だ。

「浮かれるな。追撃は不要。しばらくの間は防御を固めておけ。王より命令があればまた来る」

「もう行かれるのですか⁉　これより戦勝を祝おうかと……」

「浮かれるなと言ったはずだぞ？　将軍。それに〝私〟は忙しい。急用があるので、王への報告は任せた。では」

そう言って俺は姿を消す。

通常の魔導師では決してできない特殊な移動法で、俺は小さな部屋へ戻ってきていた。

急いでベッドで横になっている分身を消し、忘れずに変身も解く。

鏡で確認すると、深くフードを被《かぶ》った怪しげな黒い魔導師から、白というにはくすんだ、灰色の髪と黒い瞳の少年がそこにいた。

猫背で眠そう。身長は百七十前半。

気だるげという表現が非常によく似合う、いつもの俺。

ロイ・ルヴェルがそこにはいた。

それを確認し終えたら、今度は制服に着替える。

朝からエクリプスとして王に謁見し、敵軍の迎撃について話し合ったから、いまだに寝間着のままだった。

すでに授業は始まっており、今は昼休みに突入している。

ギリギリだった。

すでに遅刻は日常茶飯事となっているが、それでもお昼を過ぎると飽きずに俺を起こしに来る者がいる。

それまでには間に合わせたいから、さっさと片付けたのだ。

黒の大賢者エクリプスの急用がお昼休みまでに戻りたい、というものだと知ったら、多くのルテティア皇国の者は卒倒するだろうな。

雑に〝白い制服〟を身に着けると、部屋の扉がノックされた。

「ああ、起きてるよ」

「失礼します。お兄様」

扉が開く。

入ってきたのは肩口で灰色の髪を切りそろえた見目麗しい小柄な少女。

レナ・ルヴェル。俺の一つ下の妹だ。俺と違って優等生。〝黒の制服〟だってキチンと着ているし、成績も優秀だ。

そんなレナは、俺と同じ黒い瞳で意外そうに見ていた。

「もう制服を着ているとは驚きました」

「早いだろ？」

「もうお昼ですが」

呆《あき》れたようにため息を吐《つ》く。

しかし、我が妹ながら呆れた姿でも様になっている。普段から俺に呆れているというのと、大抵のことはスマートにこなしてしまう完璧美少女だからだろう。

同じ血を引いているはずなのに、どうしてこうも違うのだろうか？

「今日は午後の授業には出席するんですか？」

「ああ、する予定」

「では、昼食を一緒に食べましょう。お兄様の分も作っていますので」

「出来た妹をもって俺は幸せだよ」

俺がそう言うとクスリとレナは笑う。

そしてより笑みを深めて告げた。

「お兄様はやらないだけです。私はそう思っていますよ」

「また始まった……」

どうも妹のレナは俺を高評価しすぎている。

困るのは間違っていないことだ。

俺は魔法の国と呼ばれるルテティア皇国において、最強と呼ばれる魔導師。

黒の大賢者エクリプス、その人だ。

ただ、問題なのはそれだけじゃないこと。

俺が今いるのはベルラント大公国。

ルテティア皇国とアルビオス王国という国に挟まれた小さな国だ。

俺はその国の男爵家の次男。

そんな奴がエクリプスの正体だとバレるのはまずい。

……のだけど、俺の秘密はそれだけじゃない。

アルビオス王国から一つの知らせが、俺の頭の中に走る。

国王からの呼び出しだ。〝皇王〟からではない。帝国の皇国侵攻によって、王国にも混乱が生じているんだろう。

剣の国と呼ばれるアルビオス王国。

そこには〝七穹剣《しちきゅうけん》〟と呼ばれる凄腕《すごうで》の剣士たちがいる。

その中で一番強い者だけが〝剣聖〟の称号を名乗れる。ルテティア皇国におけるエクリプスと同じ位置だ。

今代の剣聖は〝白の剣聖クラウド〟。

そっちも中身は俺だ。

いうなれば、両国の柱ともいうべき存在。それが小国のしがない貴族の次男だとバレると厄介だ。向こうのプライドも傷つくし、そんな奴を自由にさせるわけがない。

三国は現在、ガリアール帝国の侵攻に対して同盟を結んでいる。

俺は剣聖であり、大賢者だが、別に戦いが好きなわけじゃない。

自由気ままに世界を旅して、趣味の風景画を描きたいという夢もある。

そのために、正体がバレることは避けなきゃいけない。

どうせ、今の皇帝が死ぬまではガリアール帝国の侵攻は終わらない。アルビオス王国とルティア皇国が突破されたら、故郷であるベルラント大公国にも攻め込まれる。

だから剣聖と大賢者。両国の武威の象徴を演じている。

けど、さっさと後任が出てきてほしい。自分の国なんだから、自分たちで守れよというのが俺の考えだ。

俺が剣聖と大賢者をやるのは後任が出てくるまで。後任に引き継いだらレナを連れて旅に出る。いつ終わるかわからない戦争に付き合わされるのは御免だ。

正体を明かせば、多くの人が褒めてくれるだろうし、周りを見返すこともできるだろう。

けど、それは戦争の駒になるということであり、多少確保されているわずかな自由すら失うということだ。

それなら馬鹿にされたままでいい。

たとえ〝落第貴族〟と馬鹿にされていたとしても——。

2

歪《いびつ》なDのような形をしたロディニア大陸にはいくつもの国がある。

しかし、大・中・小で大きさを分けたとき、大に分類されるのは一国だけ。

大陸のほぼ半分を領土とする大国〝ガリアール帝国〟だ。

大陸の東側半分はこのガリアール帝国の領土といっていい。

そんなガリアール帝国は今代皇帝になってから二十年。積極的な侵攻策を取っており、その領土を徐々に広げている。

だが、二年ほど前からその侵攻にも陰りが見え始めた。

各国の抵抗が激しくなったのだ。

特に大陸北西部に位置するアルビオス王国とルテティア皇国。領土の大きさは中に属する。そして両国を支援する小国、ベルラント大公国。

この〝三国同盟〟には手を焼いている。

その中心にいるのが白の剣聖と黒の大賢者。

どうにか打ち破るために、帝国は頻繁に軍を国境へ派遣するがすべて返り討ちにされている。とはいえ、三国同盟はその現状に甘んじてはいない。侵攻を跳ね返しているだけで、優位に立っているわけじゃないからだ。

目下の課題はより良い、そして、より強い人材の育成。ゆえに、領土的に帝国とは接していない後方にあたるベルラント大公国には、三国が共同運営する学院があった。

名は〝グラスレイン学院〟。十年前に設立されたこの学院は、三国から優秀な教師陣を集め、三国の逸材たちを教育するための学院だ。

中等部と高等部があり、二つの学科がある。

剣の国、アルビオス王国の教師陣が教える〝魔剣科〟と、魔法の国、ルテティア皇国の教師陣が教える〝魔導科〟。

魔剣科の制服は白。魔導科の制服は黒。

国を守るために強くなる。

そういう強い意志と誇りを持って、素質ある若者たちが集まっている。

その魔剣科の末席。

常に最下位常連が俺、ロイ・ルヴェルだ。

■■■

「おいおい、〝落第貴族〟のくせに遅い出席だなぁ？」

「今日の実技が嫌で来ないかと思ったぜ！」

「毎回、無様に負けてるからな!!」

魔剣科一年と書かれた教室に入ると、何人かが俺の存在に気づき、言葉を浴びせてくる。

言い返すのも面倒だし、言っていることも事実なため、俺はさっさと自分の席につく。

そのまま机に突っ伏して目を閉じた。

睡眠は人に与えられた当然の権利だ。

早朝からルテティア皇国に行っていたせいで、睡眠が足りてない。

授業が始まるまでのわずかな時間、眠るくらい許されるだろう。

「また寝てるぜ？」

「寝るしか能がないからだろ？」

「あれでルヴェル男爵家ってんだから、驚きだよな？」

「まさに〝落第貴族〟。お父上や兄上、それに妹も恥ずかしいだろうさ」

通称は〝落第貴族〟。

言い得て妙な通称だ。

ルヴェル男爵家の現当主は、アルビオス王国とルテティア皇国をその知略で翻弄した我が父上。十二年前、自分の領地を餌にして、両国の過激派を戦場に引きずり出し、それらを殲滅《せんめつ》して三国同盟締結の要因を作り出した傑物。両国からは〝灰色の狐《きつね》〟と評された謀略家。

俺の兄は現公王に仕えるエリート。妹のレナは中等部の次席。

灰色の髪を持つ者、つまりルヴェル男爵家は優秀。それがベルラント大公国の常識だった。

けれど、例外も存在する。

それが俺。

そんな俺の通称が落第貴族なのは、優秀な家系の中で唯一の落ちこぼれというのと、本来なら落第するはずなのに、とある事情から落第せずにいること。

そしてそんな状況に甘んじている、貴族としてあるまじき無能さ。

つまり。〝ルヴェル男爵家として〟。〝学院の生徒として〟。〝貴族として〟。

すべてにおいて落第しているという意味だ。

まぁ、真実はどうあれ、学院の生徒に見えているものだけで判断すれば俺は相当問題児だ。午前の授業には滅多《めった》に出ないし、出てもずっと寝ている。かといって成績が良いわけじゃない。

この学院に来る生徒たちは、大なり小なり夢を持っている。祖国を守りたいとか、家族を守りたいとか、出世したいとか、理由はいろいろだけど向上心がある。

そこに俺みたいなのが交じっていれば陰口くらいは出てくるだろう。

俺としてもさっさと退学にしてくれればいいのに、と思っている。

学生をやりながら剣聖と大賢者を兼任するのは結構、無茶《むちゃ》だ。

けれど、なかなか退学にならない。

それがとある事情。

俺ですら、ベルラント大公国にとっては〝大事な逸材〟なのだ。

ベルラント大公国からすれば、アルビオス王国もルテティア皇国も大国だ。当然、人材の面でも差がつく。

現在、ベルラント大公国出身者の中で、成績上位の者はほぼいない。それぐらい差がある。

けれど、三国で協力して人材を育成しようという創設理念もありベルラント大公国からは毎年、ベルラント大公国出身の若者が一定数、入学している。

〝現地枠〟というわけだ。

しかし、大公国はその現地枠の確保すら苦慮している。最低限の入学条件をクリアできる者すら少ないからだ。だから、俺も退学にならない。

そんな理由で俺は落第もしない。どれだけ成績が悪くても。

大事な現地枠だから。当然、そんな特別扱いは祖国を守ろうと学院に通う真面目《まじめ》な学生たちからすれば、面白くない。

けれど、それが学院の、そしてベルラント大公国の方針なんだから仕方ない。

「よーし！　席につけ！　お前たち！」

強面《こわもて》の教師が教室に入ってきた。

さきほどまでざわついていた教室が静かになり、生徒たちは席につく。

教室を見渡していた教師は俺の姿を認めて、ニヤリと笑う。

「来たか、寝坊助《ねぼすけ》」

「……起こされたんで」

「ありがたいことだ。これで人数が偶数になった」

そう言うと教師は声を張り上げた。

「全員、着替えて修練場に集合！　本日の実技は模擬戦に変更だ！」

声を聞き、俺は顔をしかめた。模擬戦じゃ眠れないからだ。

だが。

「今日はトーナメント形式だ。勝てば強い者と戦えるし、負けたら基礎稽古だ。経験を積みたきゃ、勝て。一位には特別実習への参加を許可しよう」

この学院に来ている者たちは向上心が強い。

早々に負ければ戦闘経験を積めない。それをもったいないと思う奴らだ。しかも特別実習は成績優秀者しか受けられない。そんな報酬を出されては、燃えてしまう者たち。

けれど俺は違う。

「さっさと負けてサボろう」

俺はここに学びに来てはいない。寝に来ているんだ。

■■■

学院は国を守る逸材を育てる場所だ。当然、国を守るためには強くなくてはいけない。三国には帝国という明確な敵がいるからだ。

巨大な円形の修練場には、動きやすい修練服に着替えた生徒たちが集まっていた。

「まずは二人一組になって、ウォーミングアップだ！　組み合わせは事前に伝えたな！」

……伝えられてないが？

ほかの生徒はさっさと自分のパートナーを見つけている。

次々にペアが出来上がっているのを見て、俺は立ち尽くす。

ボッチに当たりが強すぎでは？　と思っていると、教師が俺を呼ぶ。

「ルヴェル！　ロイ・ルヴェル！」

「……はい？」

「ボーッとするな。お前の相手は彼女だ」

教師は修練場の入り口を指さす。

そこには黒髪の少女がいた。驚くほど綺麗《きれい》な少女だ。思わず目が奪われる。

スッと伸びた背筋、白い肌。そして氷のような無表情。少女は長い黒髪を揺らしながらすたすたとこちらに歩いてくる。

それを見て、周りの者たちがつぶやく。

「〝剣魔十傑《けんまじっけつ》〟第三席……氷剣姫《ひょうけんき》……ユキナ・クロフォード……」

「本国に呼び戻されてたはずだけど、戻ってきたのか……」

「今日の一位は無理だな……これは」

周りの者たちが一斉に威勢を失くす。

それだけ彼女が絶対的な存在ということだ。

教師が偶数になったことを喜んでたのは、彼女が帰ってきたからか。

「先生、遅れてしまいすみません」

「気にするな。戻ってきて早々、模擬戦だが問題ないな？」

「はい」

氷剣姫なんて呼ばれるだけあって、冷たい声だ。

それが良いなんて言う輩《やから》も大勢いるらしいが、俺は温かみのある女性のほうが好きだ。

ただ、認めざるをえないのはその容姿。

男子の間では〝魔剣科一の美少女〟と呼ばれているが、それも間違っていないだろう。

たしかに彼女は美しい。真っ黒な黒髪は夜空のようで引き込まれる魅力を放っているし、薄い青色の瞳は声と同様に冷たい光を放っている。

雪のように白い肌は本当に体温を持っているのか、不安になるほどだ。

氷のように冷たい表情も、ミステリアスな感じを強めている。

ただ、威圧感に対して体格はそこまで大きくない。俺よりも背は低い。

女性にしては、やや高いほうだろう。けれど、この場にいる誰よりも大きい存在感を発している。

「ルヴェル、彼女がお前の相手だ。真面目にやらんと怪我《けが》するぞ？」

ニヤリと教師は笑い、俺と少女、ユキナを残して去っていく。

残された俺は立ち尽くし、ユキナはスッと模擬剣を構えた。

「よろしく、ルヴェル君」

「あ、よ、よろしく……」

すでにウォーミングアップは始まっている。

ここにいる生徒は全員、魔剣科。つまり全員が剣士だ。ウォーミングアップも剣による簡単な手合わせ。

ただ、彼女は氷剣姫なんて呼ばれる実力者。実力の高い者のウォーミングアップの相手は、ある程度の実力がないと務まらない。

「行くわね」

そう言ってユキナが剣を動かした。

左からの斬撃。

速いが、全然、全力ではない。俺が反応できるか探っているんだろう。

なんてことない相手なら、この手を食らってしまうんだが……彼女はちょっと特殊だ。

ユキナ・クロフォードはかつての剣聖の子孫。

剣の国、アルビオス王国の名門クロフォード公爵家の娘であり、次期剣聖を狙う逸材だ。

本人もそれを公言しているし、それは決して大言壮語ではない。

学院には魔剣科・魔導科問わず成績優秀者、つまり強い奴《やつ》らだけが名を連ねることができる〝剣魔十傑〟と呼ばれるランクがある。

席は十。次代の剣聖・大賢者を担う可能性を秘めた新星たちというわけだ。

ユキナは一年生ながらその第三席。

まさしく逸材。学院全体を見渡しても、これほど才能に溢《あふ》れた剣士はいないほどの。

つまり、どういうことかというと。

剣聖の座を押し付けられる存在、もとい——剣聖の座を継いでくれるかもしれない存在だということだ。

ちゃんと強い奴が後継者になってくれれば、俺が剣聖を続ける理由はない。

けれど。今の彼女は剣聖どころか、七穹剣《しちきゅうけん》にすら及ばない。

それは明確な弱点があるからだ。

落第貴族のロイが指導なんてしても、影響はたかが知れているかもしれない。剣聖として手《て》解《ほど》きする機会はほとんどないし、そもそも弟子を取って育てる時間なんて俺にはない。最低限のレベルまでは、自分で強くなってもらう必要があるわけだが……。

ここは一つ、彼女の弱点を指導しておくか。成長が加速してくれれば儲《もう》けものだ。

俺は剣でユキナの斬撃を受け止める。

ユキナは少し意外そうにしつつ、さらに斬撃の速度を上げようとしてくる。

けれど、俺はそれをさせない。

ユキナは攻撃において、かなり高いレベルでまとまっている。

弱点は攻撃ではない。防御だ。学生レベルじゃユキナを受けに回せる使い手は少ない。ゆえにユキナは攻撃に比べて、防御が下手《へた》だ。

学生相手なら攻撃で圧倒できてしまうから。しかし、戦場や強敵が相手となると。

防御こそが一番だ。死なないからこそチャンスがある。

ユキナが剣を引き、次の攻撃に移ろうとするわずかな隙。

そこで俺は前に出て、突きを放った。

大して速度もない平凡な突きだ。

けれど、ユキナの隙を完璧に衝《つ》いたその突きに、ユキナは思うような反応ができない。

攻撃にばかり意識が行っていた証拠だ。どれだけ弱い相手だろうと、反撃してこないと思い込むのは慢心だ。

隙を衝かれれば、この程度の攻撃でも反応できない。これでユキナも多少なりとも防御を意識するだろう。

俺は剣をユキナの喉元の寸前で止める。

「もう少し、本気で大丈夫だよ」

「……そう。それならお言葉に甘えるわね」

そう言ってユキナの目が本気になった。

かなり負けず嫌いなんだろう。

仕切り直しとばかりに、互いに再度剣を構える。

そしてユキナは怒涛《どとう》の攻撃を仕掛けてきた。

右、左、突き、上段、下段。

多彩な攻撃を俺は受け止める。なるべく必死そうに。どうにか食らいついている感を演出する。

そんな俺の防御に対して、焦《じ》れたユキナが決めに来た。

再度、左からの斬撃。

けれど、これはフェイントだ。わずかな重心移動からそれを見抜き、俺は手だけそれに反応しつつ、本命の右からの斬撃に備える。

まだまだ浅いフェイントだが、これは引っかかってもいいかもしれない。

ギリギリ間に合わない、を演出しよう。

そんなことを考えつつ、視線を右に移動させたとき。

ユキナの目が俺の目を捉えていることに気づいた。

その目の色に俺は一瞬、目を見開く。

輝く金色の瞳。ユキナの目の色は本来、薄い青色。明らかに瞳の色が変わっていた。

魔眼。そんな言葉が頭をよぎる。

超希少な具現化した魔法。魔力の高い者にごくまれに顕現するレアスキル。

輝く星を瞳という箱に収めた芸術品と評されるそれは、持っているだけで評価されるレベルの代物だ。

持っている者は滅多《めった》にいないし、持っていれば噂《うわさ》になるはず。ユキナが魔眼持ちだなんて聞いたことはない。

今日まで一度も使っていなかったモノを俺に使ったってことか？

しかも。よりにもよって〝天狼眼《シリウス・アーク》〟。

最上位に分類されるA級魔眼。

その効果は〝見切り〟。身も蓋もない言い方をすれば、とても動体視力が良くなる。ただ、その効果が異常だ。

あらゆるものを見切るその目は、きっと俺の動きをすべて捉えている。

俺とユキナの間には絶対的な実力差がある。だから、俺の手加減を見抜けないと踏んで、こんなことをしたわけだが。

天狼眼はそんな俺の動きを見ることができてしまう。

その目は驚きに見開かれた。

俺がフェイントに引っかからず、次の攻撃を的確に読んだからだ。

良い眼を持っている。そんなことを思いながら、俺は左からの斬撃が止まり、右からの斬撃に変化するタイミングでそちらに剣を移動させる。

フェイントに気づいていることは見抜かれている。あえて食らうのは不自然だ。

しかし。

「わぁお……」

右からの攻撃。たしかにユキナはそのつもりで動いていた。

けれど、俺が読んでいるのを見抜いたユキナは無理やり、それを突きへと変えた。

読みが外れた俺はそれに反応できない。

まいったとばかりに両手を上げる。

「お見事」

「……」

俺の賛辞にユキナは反応しない。元に戻った薄青色の瞳でジッと俺を見つめてくる。

何か言いたげだ。しかし、言葉は出てこない。

その代わり、ユキナは再度剣を構えた。

「もう一本」

何かを確かめたい。

そんな雰囲気のユキナだったが、それは教師の言葉で遮られる。

「ウォーミングアップ終了!!　これより模擬戦に移る！」

教師の言葉で俺とユキナのウォーミングアップは終了した。

好都合とばかりに俺は剣を下ろし、軽く手を振った。

「お疲れ様。勉強になったよ」

「……」

機会を奪われたユキナは不満そうな表情を見せるが、それ以上何も言ってこない。

さすがは逸材。まさか魔眼を隠し持っているとは。学生相手だから気を緩めすぎたか。

あの目で見ていたということは、俺が力を隠していることには気づいただろう。ただ、それがどれほどまでかはわからないはず。

相手は次期剣聖と期待される逸材で、俺は学院の落ちこぼれ。

今回は教師が決めた相手だったから関わったが、本来なら関わることがない相手だ。

疑念もそのうち消え去るだろう。

そう思いながら俺はユキナに背を向けたのだった。

3

「ふわぁぁぁ……よく寝たぁ」

模擬戦は一対一の連続。

数人の教師が審判役で、負けた奴は敗退。そこからは基礎練習だ。

強くなりたいなら勝つのが一番。

負けた奴は負けた理由を考えつつ、基礎練習に打ち込むことになる。教師は有限であり、強い者を育てることが彼らの役割だ。早々に敗れた者に目をかける余裕はない。

だから俺はさっさと敗退して、壁に寄りかかって寝ていた。

楽な授業だ。健全な生徒を育成しようっていう学院だったら注意されたかもしれないが、この学院は三国を守る精鋭を育成するための機関だ。

意識の低い者を無理やり鍛えようとはしない。おかげでしっかり眠れた。

午後の授業が終わり、生徒たちは学院から帰路につく。

グラスレイン学院は、小高い丘の上にある巨大な学院だ。元々城だった場所で、増設されて学院となっている。

その丘を下ると都市がある。

名は〝アンダーテイル〟。

最初は小さな町だったそうだが、グラスレイン学院が設立されたと同時にアンダーテイルに大勢の商人たちが入ってきたことで、今では大公国有数の都市となっている。

授業が終わった生徒たちは、寮に戻るかアンダーテイルに向かうかに分かれる。

今日、妹のレナはアンダーテイルで買い物をしてくると言っていた。

つまり。

一人の時間があるということだ。

さっさと部屋に戻ると、俺は一枚の紙を取り出す。人型の小さな紙。

それに魔力を込めると、俺と瓜二《うりふた》つな分身が出来上がる。

〝式神術〟。

廃れた東方の魔法だ。百パーセント、自分の力を再現できるわけじゃない。それこそ身代わり程度にしか使えないのに、消費魔力が多い。

だが、俺にとっては有用な魔法だ。

自律行動も可能だから、これによって一人三役が可能になる。

「寝ていろ」

式神に指示を出し、俺はすぐに転移する。

場所は剣の国、アルビオス王国だ。

■■■

アルビオス王国は武を尊ぶ質実剛健な国だ。

剣士の国として大陸に名が知られ、剣士ならばこの国の最高峰、〝剣聖〟を目指すべきと言われている。

そんなアルビオス王国の現剣聖の名はクラウド。二年前、突如として現れた旅人の剣士。灰色の髪と黒い瞳の青年だ。そのまま俺を成長させたような外見ではある。もちろん、ところどころ変化させてはいるが。

疑われるとしても、血縁関係があるかどうか程度の似せ方だ。

そのクラウドの隠れ家に転移した俺は、そこでクラウドに扮《ふん》していた式神の分身を解く。すると、式神の記憶が俺の方に流れてくる。

出陣の要請が来た場合は、俺が転移して駆けつける。しかし、それ以外の日常は式神に送らせている。熟練の式神術ならば、それなりに分身が独立行動をできるからだ。

そして合流したら記憶を共有。こうやって俺は一人三役をこなしている。

とはいえ、共有された記憶はほとんど意味がないものだ。

この隠れ家を知っているのはごくわずかな者だけ。その者たちも、剣聖クラウドは気ままに旅をしていると思っている。

だから訪ねてくる者はほとんどいない。

自由気ままに王国内を旅して回り、必要なときだけ戦場に出る剣士。空を流れる雲のように自由な男。それが剣聖クラウドなのだ。

自らの姿を幻術で変化させ、白いロングコートを羽織る。

二本の愛剣を腰に差し、少し厚底のブーツを履く。姿を変えることはできるが、体型まで変えてしまうと戦うときに不便だ。ゆえに体型はロイ・ルヴェルとあまり変わらない。

ただ、まるっきり体型が一緒だとバレかねないのでブーツで小細工している。

涙ぐましい努力をしつつ、俺は王都へ向かう。

ルテティア皇国に大規模な侵攻があったため、城はかなりバタバタしているだろう。剣聖が顔を見せることで、落ち着かせることができる。そう考えた王は、俺を呼び出したのだ。

アルビオスには剣聖がおり、同じような侵攻を受けても大丈夫と思えるからだ。

もちろん、七穹剣《しちきゅうけん》という精鋭はいるけれど、その中でも剣聖の強さは群を抜いている。

ルテティア皇国の大賢者と同じく、一人で国を守れる存在。それが剣聖なのだ。

そして俺はアルビオス王国の王都・アルスの中央にそびえたつ白亜の王城へやってきた。

慌ただしく走り回る城の騎士や大臣が俺の姿を認めて、立ち止まる。

「剣聖クラウド様だ……」

「剣聖殿が来てくださった！」

「そうだ！　我らには七穹剣の第一席！　剣聖様がいる!!」

少し悲愴感《ひそうかん》の漂っていた城の者たちの顔が明るくなる。

それだけ剣聖の存在は大きいのだ。

それを感じながら、俺は玉座の間へと向かった。

扉を開けると、そこでは王が重臣たちと対策を話し合っていた。

「ルテティア侵攻に失敗した帝国軍が次に狙うのは、我が王国でしょう！」

「それはこれまでの傾向から明らか！　国境の軍を増強するべきです！」

「その通り！　陛下！　すぐに……」

今すぐに対策するべき。

そんな重臣たちは玉座の間に入ってきた俺を見て、黙り込んだ。

重臣の言葉を聞いていたアルビオス国王、アルバート・ヴァン・アルビオスは口を開く。

「貴公はどう思う？　白の剣聖……クラウド」

「政治は〝オレ〟にはわかりません。ただ、たしかなことは十万程度の兵なら何度来ても迎撃可能ですよ、陛下」

クラウドの灰色の髪とは違い、光沢のある銀髪、紫色の瞳。アルビオス王家の特徴をしっかり持つアルバートは四十過ぎの男だ。

初代剣聖の子孫であるアルビオス王家の者にしては珍しく、武勇に秀でた王ではない。その代わり、歴代でも屈指の穏健派だ。

この王だからこそ、長年争ってきた隣国、ルテティア皇国との同盟が成ったと言っても過言ではない。

「だ、そうだ。では、国境軍への増強はしない。以上だ。解散」

「し、しかし、陛下！」

「これ以上、議論するつもりはない」

ピシャリとそう言うとアルバートは重臣たちを追い出してしまう。

そして俺とアルバートだけが残った。

「剣聖だけの力に頼るのは危険。軍を強化するべき。一見正しいように聞こえるが、腹の内は見え透いている。守るためにと強化した軍は、貴公が帝国軍を迎撃したのち、帝国に逆侵攻を仕掛ける侵略軍と化すだろう。他でもない、彼らが一番、剣聖の力を過信している」

「迎撃しているだけじゃ旨味《うまみ》はありませんからね」

一時期、三国同盟は劣勢に立たされた。

特にアルビオス王国は大きく領土を削られていた。

しかし、二年前から一気に反撃に転じて、元の国境まで帝国軍を押し戻した。

つまり、俺が剣聖になった頃から反撃が始まったのだ。

だが。

「貴公の力で領土は取り戻したが、国力が戻ったわけではない。今は国力を蓄えるときだ。帝国に侵攻している余裕は我が国にはない」

「だから無駄な軍の増強はできないってことですね」

俺の言葉にアルバートは頷《うなず》く。

これまで通り防衛するだけなら今の体制で問題ない。

わざわざ軍を増強するなら、それ以外のことに力を注ぎたいんだろう。

しかし。

「彼らの言い分はきっと、失ったからこそ奪うべき、ってところでしょう」

「帝国の領土は広い。少し奪うことはできるだろうが、守り切る力が我が国にはない。過ぎた欲は身を滅ぼす。得るものより失うものが多い。それに……私は戦争を望んでいない」

「同感ですが……相手が攻めてくるうちは終わりませんよ、戦争は」

「そうだな……早く諦めてくれるといいのだがな」

「皇帝が代替わりしない限りは無理でしょうね」

俺の言葉にアルバートはため息を吐《つ》いた。

帝国の皇帝はアルバートと大して歳は変わらない。若くして皇帝の座につき、侵攻にすべてをささげている男だ。まだまだ元気だろう。

誰かに玉座を譲るとも思えないし、暗殺ぐらいしか代替わりさせる手段はないだろう。

しかし、皇帝は強者たちを自分の周りに置いている。その強者たちは滅多《めった》に皇帝の傍《そば》を離れない。だから暗殺も難しい。俺ですら。

「帝国内にも不満を持つ者が増えていると聞く、彼らに期待するとしよう。顔を出してくれて助かった。また旅に出るのか？」

「その予定です」

「行く先は聞いても無駄か？」

「味方が知らぬということは、敵も知りません。オレの居場所がわからないほうが敵は攻めにくいでしょうから」

「それも国を守る術《すべ》か。では、ルイズに顔を見せてやってくれ。貴公に会いたがっていたのでな」

「わかりました」

■■■

王城の一室。王族だけが入室を許されたその部屋に、俺は入った。

そこでは銀髪の少女が一心不乱に剣を振っていた。

歳は十歳くらい。輝く銀髪をサイドポニーにしている。

紫色の瞳が俺の姿を捉えると、パァッと明るくなった。

「クラウド!!」

「やぁ、ルイズ」

振っていた剣を置き、少女、ルイズが駆け寄ってくる。

彼女はアルビオス王国の第二王女、ルイズ・ヴァン・アルビオス。

あと五年もすれば誰もが振り向く美しい女性になるだろうが、今はまだ無邪気な子供だ。

俺の腰に抱きつき、満面の笑みを見せる。

「お帰りなさい!!」

「ただいま、ルイズ」

そう言いながら俺は抱きつくルイズを机まで連れていく。

二脚の椅子を軽く引き、片方に俺、もう片方にルイズが座る。

しかし、ルイズはそれが不満だったのか、すぐに俺の膝に飛び乗ってきた。

「危ないぞ?」

「アルビオス王国にこの人ありと謳《うた》われる白の剣聖が、私を落とすはずないから大丈夫！」

「まったく……」

ルイズと出会ったのは剣聖になったばかりの頃。

国王である父は忙しく、母はもう亡くなっていた。

一人、寂しそうに剣を振っていたから声をかけた。最初は王女だなんて思わなかった。あとから王女と知ったが、言葉遣いを改めるのも変なので、砕けた口調で接している。

本人もそれを望んでいるし、剣聖なら王族への無礼も目を瞑《つぶ》ってもらえる。貴族や騎士はいい顔をしないけれど。

こうしてたまに顔を出しては、剣の稽古をつけたり、遊んだりしている。

「今回はどれくらいいるの？」

「残念だけど、すぐに出る」

「えー……遊んでくれないの？」

「ごめん」

素直に謝ると、ルイズは唇を尖《とが》らせた。

不満そうな顔だが、髪を撫《な》でると幾分かマシになった。

「ねぇ、クラウド」

「うん？」

「戦争はいつ終わるの？　お父様は忙しそうだし、お姉様は前線だし……」

「うーむ、現実的なことを言うなら皇帝が代替わりしたら終わるかな？」

「じゃあクラウドが帝国に行って、皇帝を斬れば終わるの？」

純粋な疑問。それに俺は首を横に振った。

「終わるかもしれないけれど、それはできない」

「なんで？　クラウドなら簡単じゃないの？」

「皇帝は自分の周りを五人の〝親衛隊〟に守らせている。彼らの力は凄《すさ》まじい。一人一人がオレに匹敵するって言えばわかる？」

「そんな強い人が帝国にもいるの!?」

「帝国は人材も豊富なんだ。彼らが皇帝の傍にいる間は、暗殺なんて無理だよ。誰であってもね」

そう。

だからこそ耐えるしかない。

皇帝が痺《しび》れを切らして、前線に親衛隊を派遣するのを。そうすれば皇帝の護衛が手薄になる。

親衛隊の数には限りがある。前線で撃破を繰り返し、数を減らせばいつかチャンスが巡ってくるかもしれない。帝国は性急な勢力拡大により、多くの国を支配下においている。彼らの反乱も見込めるだろう。

けれど、気の遠くなる話だ。

しかし、三国同盟にはそれしか勝ち筋がない。今の皇帝が続くかぎり。

まぁ、それに付き合う気は俺にはない。あと数年は剣聖であり、大賢者であり続けなきゃいけないだろうが、後継者さえ現れればさっさと引退する。

三国を守るより、大事なことが俺にはあるからだ。

ただまぁ。後継者が――見つかればの話だが。

4

剣聖としての務めを終え、俺は学院に戻ってきた。

ベッドで寝ている式神を戻し、異常がなかったことを確認すると、そのままベッドに入る。

明日は大賢者エクリプスとして皇国の王に会う必要がある。

今からでもいいが、さすがに疲れた。

今日はもう休みたい。なんて思っていると、扉がノックされた。

何も警戒せず、開いていると答えた。どうせレナだろうと思ったからだ。

けれど、すぐに違和感に気づいた。

ノックの音が少し違う……？

「不用心なのね、ルヴェル君って」

「ユキナ・クロフォード!?」

思わず後ずさる。

レナ以外の女性が俺の部屋を訪ねてくることがあるとは……。

我ながら情けないが、予想外だ。

「名前、覚えてくれていてありがとう。さっそくで悪いのだけど、話があるから入ってもいいかしら？」

そう言いながらユキナは俺の部屋へ入ってきた。

返事聞こうよ、と思ったが、なんとなく言っても無駄だなと察して口を閉じる。

ユキナは椅子に座ると、ベッドにいる俺を見てくる。

「ルヴェル君、あなたに聞きたいことがあるの？」

「えっと……何かな？」

「今日、手合わせしてわかったわ。ルヴェル君、あなた……授業で手を抜いてるわよね？　それも思いっきり」

氷のような薄青色の瞳がジッと見つめてくる。

表情は変わらない。相変わらず無表情で、どういう感情なのか読めない。

ただ、俺を疑っているのはわかる。

「まぁ、手を抜いていることは認めるけれど……それが何か問題？」

これで否定すれば嘘《うそ》になる。すべて嘘ではバレてしまう。こういうときは事実を混ぜることだ。手を抜いていることは事実だ。そのことを認めればいい。

「別に問題じゃないわ。意識が低いことも人それぞれだから。けど、あなたの手抜きは常軌を逸してる。私の祖母は初めての女剣聖だったわ。幼い頃、稽古をつけてもらった私の憧れの人……よく、私の欠点を教えるために指導の剣を使ってくれたわ。今日のあなたからはそれを感じた」

天狼眼《シリウス・アーク》でも俺の力の底は見抜けない。しかし、使っている剣技の種類や意図くらいは読み取れたか。

まさか祖母との記憶からそこにたどり着くとは、な。

「買いかぶりだ。俺は君に指導できるほど強くない。それにそれほどの実力を隠す理由もない」

「どうかしら？　あなたは〝灰色の狐《きつね》〟と評された謀略家、ルヴェル男爵の息子よ。アルビオス王国とルテティア皇国を手玉に取った男の息子なら、自分の実力を偽るくらいやると思うわ。理由まではわからないけれど」

はなから疑ってかかってくる相手を説得するのは難しい。

しかも人を欺く家系という認識を持たれているし、その認識は合っている。

俺の父は謀略家だ。

今から十二年前。アルビオス王国とルテティア皇国の間で、ベルラント大公国領を分け合おうという密約が結ばれた。

もちろん、当時から同盟を模索していた穏健派のアルビオス王国の国王がそんなことを言い出すわけもなく、両国の過激派による密約だった。

それを察した父は、アルビオス王国に接する自分の領地を受け渡すとルテティア皇国の過激派に持ち掛けた。

密約では領地は切り取り次第。つまり奪った側のものになると決められていた。

だからルテティア皇国は喜んで、領地の港に艦隊を派遣した。

父の領地はアルビオス王国と国境を接しているうえに、大陸で有数の港もあったからだ。

しかし、とんでもないことに。

謀略家の父は似たようなことをアルビオス王国の過激派にも伝えていた。

つまり、自分の領地を餌にして両国の過激派をぶつけたのだ。

とんでもない策だが、黙っていれば両国から侵攻を受ける。やむを得なかったと本人は言っているが、ちょっと頭のネジが外れているとしか思えない。

双方とも自分の領地に敵が侵入してきたと勘違いし、父の思惑通り大激突が発生した。

さらに父は両国の穏健派とも繋《つな》がっており、この戦場で両国の過激派を一掃し、三国同盟を締結させることまで視野に入れており、自ら軍勢を率いて戦場に介入。

両国の過激派の重要人物をことごとく討ち取った。

この戦いでルテティア皇国は派遣した艦隊の大半を失い、アルビオス王国の騎士団も多大な損害を受けた。

それらはすべて過激派の責任とされ、過激派の有力者は失脚し、王国と皇国で穏健派が実権を握った。もちろん、双方の密約は白紙となり、帝国に対抗するための同盟へと舵《かじ》が取られることになった。

両国を手玉に取った父は〝灰色の狐〟と呼ばれるようになり、要注意人物と目されるようになった。大公国内でも。

結果的に同盟にこぎつけたし、両国の穏健派にとって父は最大の協力者でもあった。だから処分はなかった。表向きには両国過激派の暴走と片付けられたし。

だが、大公国の者からすれば自分の領地すら囮《おとり》にして、他国の穏健派と手を結ぶ男は信用できない。

だから功績を上げても、男爵から爵位が上がらないのだ。

そんな男の息子なのだから、何か隠し事があるはずと言われると、ぐぅの音も出ない。

けれど。

「父は父、俺は俺だ。理由がわからないのは、見つけられないいんじゃなくて、理由がないからだ。たしかに俺は手を抜いている。けれど、君が思うほどの実力者じゃない。面倒だから手を抜いているだけだ。それ以上でもそれ以下でもない」

「なら……なぜ私に弱点を教えるようなことをしたの？」

「好奇心さ。君の動きは前にも見たことがあった。攻撃に偏るから、隙を衝《つ》けば一本ぐらい取れるかもって思ってたんだ。教えたんじゃない、君が学んだんだ」

「なら……私の渾身《こんしん》のフェイントを読み切ったのはなぜ？　どうして読めたの？」

見えていたんだから当たり前だが、気づいていたか。それが一番誤魔化《ごまか》しづらい。

まぁ、読めたけど反応しきれなかったってことにするか。

ユキナのフェイントを読み切るのは結構難易度が高いが、あくまで技術の範囲内だ。技術はあるけれど、身体能力が追い付かない奴《やつ》はいくらでもいる。

そっちの路線で誤魔化すしかないだろう。なんて思っていると。

「失礼します」

買い物から帰ってきたレナが扉を開けた。

軽いノックのあと、返事を待たずに開けたのは俺が寝ていると思ったからだろう。

「あ、お兄様。起きていらしたんですね。今日の晩御飯ですが……」

俺は顔を引きつらせて、固まってしまう。

レナの視線が俺から逸《そ》らされ、椅子に座るユキナへ向かったからだ。

そして。

「……私の兄に何か御用でしょうか？　ユキナ・クロフォードさん」

レナらしくない冷たい声が部屋に響いたのだった。

5

俺の部屋でユキナとレナが対峙《たいじ》する。

ただ、ユキナがレナの登場に驚いた様子はない。

「ごきげんよう、レナ・ルヴェルさん。あなたのお兄さんと話をしていたの。少し席を外してもらえるかしら？」

ユキナは変わらず無表情のまま、そう告げた。

すごいメンタルだ。

いきなりやってきて、その部屋の主の妹に席を外せと言うなんて。

俺ならできない。

「なるほど。用があることはわかりました。ですが、私のほうが先約です。兄と晩御飯の相談をするので、お帰りください」

「すぐに終わるわ」

「帰ってください」

そう言ってレナが俺とユキナの間に割って入る。

妹の背に隠れるとは、兄として情けないかぎりだが……いいぞ、追い返せ、と心で願う。

だが。

「怪しいわね。やっぱりルヴェル君には何か秘密があるんじゃないかしら？」

「だからないって……」

「けど、普段から手を抜いているのは認めるのよね？」

「お兄様はやる気を出すと疲れる体質なんです！」

「そうだそうだ」

「だとしても、本当の実力を隠しているのは事実よね？　私はその本当の実力が私以上だと思うのだけど、レナさんはどうかしら？」

おや？　気づいたら会話になってしまっている。

追い出す流れだったはずだが。

「お兄様はやればできる人ですけど……さすがにユキナさんに匹敵するほどでは……」

「あなたにも隠しているかもしれないわよ？」

「お兄様が私にまで隠す意味はありません！」

「どうかしら？　何か秘密があるかもしれないわよ？　普段から手を抜いているのも、その秘密が関係しているかも」

「そんなことありません！」

「でも、彼は私の渾身のフェイントを読み切ったのよ？　やればできる程度の剣士にできる芸当じゃないわ。実力を隠していることは間違いないし、その隠している実力は私以上よ。少なくとも私はそう思っているわ。隠している理由は……なにか事情があって、なんとか学院を辞めたいから、とか？」

怖い怖い。頭が回る子だ。この子。

レナが黙ってしまった。

どうする？　レナに任せるべきじゃないか？　なんて思っていると。

「だとしても……お兄様を詮索しないでください。それに女性が男性の部屋に一人で来るのは……不健全です！」

「剣士として実力を確認しに来ただけよ。それに不健全というなら、この学院において、あなたのほうが不健全だわ。あなたは黒服、彼は白服。あなたは魔導科で、彼は魔剣科よ。互いの実力向上のために二つの学科はライバル関係にあるわ。だから馴《な》れ合いはすべきじゃない。たとえ兄と妹であっても。そもそも中等部の生徒が高等部の寮に来るべきじゃないわ」

「私たちには関係ありません！　いいから帰ってください！　兄が迷惑しています！」

口では勝てない。だから、レナはさっさと帰れと言う。

しかし、ユキナは動かない。

俺はそれを見てため息を吐《つ》いた。

「まったく……ユキナさん、君が思うような実力は俺にはない。どうして信じてくれない？」

「私は剣士としての直感とこの目を信じてるわ。あなたは強い。だから……私はあなたから学びたいの。剣聖になるために」

「俺から学ぶことはないよ」

「……正直、この学院に私より強い剣士はほとんどいないわ。教師陣ですら、最近はあまり教えてくれない。それじゃ困るの。私は祖母のような剣聖になりたいから。私は私の祖国を守りたいからここにいるの。いつまでも……旅の剣士を剣聖の座に居座らせておく気はないわ。そのために……学べる機会は失いたくない」

ユキナの言葉に俺は目を丸くする。向上心の塊のような子だ。目的もはっきりしている。

正直、面白いと思った。なにせ俺が剣聖となり、力を見せつけてから、剣聖の座を奪おうとする奴はほとんどいなかった。

敵《かな》わないと諦めるか、国にとって有用だと開き直るか。

そんな態度が俺には気に食わなかった。

自分の国なんだから自分で守れ。余所者《よそもの》に頼るのは仕方ない。けれど、現状に甘んじるな。

そう思っていた。だからユキナの言葉は新鮮に聞こえた。

強くなるために貪欲で、可能性が少しでもあるならその可能性に懸ける。

その態度が気に入った。

だから。

「なら……好きにすればいい。けれど、俺は何も教えない。何か俺から学べると思うなら、見て盗めばいい。それなら俺は構わない」

「お兄様⁉」

「ないものは盗めない。そのうち諦めるさ」

「わかったわ。ありがとう、ルヴェル君」

ユキナは立ち上がると頭を下げる。そしてフッと小さく笑みを浮かべた。

彼女なりに一生懸命なんだろう。この学院の教師陣は優秀だ。それでもユキナからすれば物足りない。

ある種、ユキナは壁にぶつかっているのだ。一つ上のレベルに行くための壁に。

だから、やれることはすべてやろうとしている。

素質は十分、やる気もある。機会を見て、ヒントをあげるくらいはありかもしれない。

それで成長するなら、本格的に剣聖の後継者として育てるのもありだ。

強い後継者がいないと、俺は引退できないからな。

そんなことを思いつつ、俺は言葉を付け足す。

「一つ約束してくれ。俺を無理やり起こさないでくれ。というか、午前中は寝させてくれ」

「不健康は体に毒よ？」

「守れないならこの話はなしだ。付きまとわないでくれ」

「……わかったわ。あなたの言う通りにする」

「よろしい。というわけで、俺はこれから妹と今日の晩御飯の話があるから」

俺は扉を指さす。ユキナは素直にそれに従い、扉に向かった。

去り際。

「じゃあ、また明日」

そう言って、ユキナは部屋を出ていった。

一方、レナは不満顔だった。

「いいんですか？　お兄様が嫌いな面倒事では？」

「どうせ学ぶものがないと知れば諦めるさ」

「お兄様がいいならいいんですが……」

そう言いつつ、レナは唇を尖《とが》らせる。

そんなレナの機嫌を取るため、俺は話題を変えた。

「そんなことはどうでもいいんだ。今日の晩御飯は？」

「そうでした！　お野菜が安かったので、鍋にしようかと思いまして！」

「いいな。一緒に食べようか」

「はい！」

レナは笑顔を浮かべる。

ユキナが国を守りたいと思うように。俺にも守りたいものがある。

こんなふざけた一人三役を続けるのも、アルビオス王国とルテティア皇国が敗れれば、ベルラント大公国が危険に晒《さら》されるからだ。

別に帝国の支配下でも生きていけると思う奴はいるだろう。けど、ベルラント大公国はわけが違う。

五年前、帝国の潜入部隊によって、大公国の子供たちが大勢拉致される事件が起きた。

どうして帝国の潜入部隊がそんなことをしたのか、はっきりとしたことはわかってない。

ただ、確かなことは、その拉致された子供たちの中にレナがおり、俺が助けに駆けつけたとき、レナが無意識に使った力によって潜入部隊は全滅していた。

それから帝国は三国への侵攻に本腰を入れ始めたのだ。逃げ帰った者がいないため、大公国のどこかに強い資質を持った者がいる、程度の情報だろうが、それでも帝国は大公国を狙っている。つまり、レナが狙われているのだ。

だから俺は正体を悟られないようにして、できるなら、強い後継者に剣聖も大賢者も譲りたい。そうすればレナを傍《そば》で守れるからだ。

レナを、そして家族を守るため。

ありきたりだが、それが俺の戦う理由なのだ。

十二年前。戦場で命を落とした母の代わりに……俺が家族を守るのだ。

6

「やれやれ……」

朝方。俺、黒の大賢者エクリプスはルテティア皇国の海岸部にいた。

王に会いに行ったら、ついでに海岸部に出現する〝魔物〟の討伐を頼まれたのだ。

どうやら海上に突如現れ、貿易船を襲っているらしい。おかげで港から船が出られないし、他国からの船も入港できない状況らしい。

ほかの奴にやらせろと言いたい。

俺はやるべきことをやった。便利屋扱いするな、と。

けれど、海上の問題はベルラント大公国に波及する。というか、すでに波及している。

ルテティア皇国側の海路に問題が出るということは、その奥にあるベルラント大公国へも船が航行できないということだ。

一大事だ。なにせ俺の父の領地は海岸部。港は大事な収益源だ。

さっさと片付ける必要があると感じて、俺はルテティア皇国の海岸部に飛んだのだ。

「しかし、いきなり海の魔物が現れるのも妙な話だ」

魔物。それは二千年前、この大陸を支配していた〝魔族〟という種族が獣に手を加えて作り出したものだと言われている。

今では人類に害をなす獣全般を指すことが多いが、狭義、つまり魔族が作り出した魔物に関しては、大抵は強力すぎて放置するしかない。

魔族は今の人類より遥《はる》かに強かったらしく、その魔族が作り出した魔物も相当強い。

人類が大陸の支配権を獲得できたのも、魔族が天変地異や内部分裂で弱体化したからだと言われている。

とはいえ、二千年前の話だ。もはや神話に近い。

ただ、魔物という形で当時の魔族の恐ろしさは受け継がれている。

海上に移動して、俺はゆっくりと魔力を高めた。

それに反応してか、海面の色が一気に濃くなった。

否《いや》。海面に何かが浮上してきたのだ。

「デカいな」

俺は呟《つぶや》きつつ、俺を脅威とみなして浮上してきた魔物を見下ろす。

体長は数十メートル。それは巨大な白い蛸《たこ》だった。

「クラーケンか……」

貿易船では歯が立たないわけだ。軍船でも取り付かれたら為《な》す術《すべ》がないだろう。

無数の足が俺に向かって伸びてくる。

自分を攻撃してくる可能性がある俺を、一足先に海に引きずりこもうという魂胆だろう。

俺はそれをよけつつ、魔法の準備に入る。

たしかに魔物は強力だ。

クラーケンは間違いなく狭義の魔物。二千年前に魔族が生み出した生物だ。

さすがに二千年間生きてきた個体ではないだろうが、それでも並みの者では相手にならない。

ほぼ自然災害だ。

大抵の国は諦めて、クラーケンがいなくなるのを待つしかない。嵐と変わらないからだ。

けれど、ルテティア皇国は違う。俺がいる。

「しつこい！」

どうにか俺を捕まえようとしてくる足が邪魔すぎる。

本気を出せば、素手で足ぐらい吹っ飛ばせるが、それは剣聖としての俺の力だ。

今は大賢者エクリプス。

どこで誰が見ているかわからない。ボロは出せない。

剣聖と大賢者。両者を演じる以上、それぞれの長所で戦う必要がある。

肉弾戦は剣聖の得意分野だ。

大賢者の得意分野は当然、魔法。

「迸《ほとばし》れ、神威の雷光――【神雷槍《ケラウノス》】」

上空。そこに出現した魔法陣から巨大な雷がクラーケンに向かって落ちてくる。

俺を捕まえようとしていたクラーケンは、咄嗟《とっさ》に海に潜ろうとするが間に合わない。

巨大な雷の槍《やり》がクラーケンに刺さり、その光でクラーケンを焼いていく。

その雷光はクラーケンが絶命してもやまず、その体を焼き消していく。

すべてが終わったとき、クラーケンの体は消し炭になっていた。

魔物たちはたしかに魔族の強大さを現在に伝えている。

神話の世界の話だと思いながら、魔物の存在が魔族の恐ろしさを思い起こさせるし、作り話だと笑わせない。

けれど、現在にそれを伝えるのは何も魔物だけじゃない。

上古の〝神淵《しんえん》魔法〟。

文献だけに出てくる伝説の魔法。

大陸の覇権をかけて魔族と人類が争ったとき。

魔族の中から人類に味方する者がいたそうだ。

その者は魔族の中でも一際強く、多くの同胞たちを返り討ちにして人類の快進撃を支えた。

名前は伝わっていない。

ただ、魔族の英雄と呼ばれるその者が使っていた魔法だけは知られている。

〝神淵魔法〟。

神々の力を再現するその魔法はあまりにも強力で、魔族の中でもその英雄しか使えなかったそうだ。

それを俺は操る。

魔族に比べて、すべてにおいて劣る人類。

その人類種である俺がなんでそんな大層な魔法を使うことができるのか？

それにはもちろんカラクリがある。とはいえ、そんな難しいカラクリじゃない。

単純に俺の魔力が無限だから、というだけだ。

「さて、帰るか」

俺は呟き、瞬時に転移する。

便宜上、転移魔法ということにしているが、別にこれは転移魔法なんかじゃない。

大陸には魔力が流れる〝星脈《せいみゃく》〟というラインが無数に存在する。そこを通っているだけだ。

だが、普通の人にそんなことはできない。というか、魔族でもできなかったはず。

俺がどうしてそんなことができるのか？

その星脈の集合意識である〝星霊《せいれい》〟が俺のことを気に入っているからだ。

それこそ魔族なんかよりさらに希少。

一部の文献にのみ記される〝星霊《せいれい》の使徒《しと》〟。

星脈から無限に魔力を供給される異次元の存在。

それが俺だ。

ゆえに俺は先代の剣聖と先代の大賢者に後継者として育てられた。

正確には俺だけではなく、レナも〝星霊の使徒〟だが。

当初、俺が剣聖の弟子に、レナが大賢者の弟子になるはずだった。

けれど、病弱だったレナに負担をかけたくなくて。

俺は両方を自分が引き受けると言った。

最初はとりあえずやらせてみるか、と先代たちは俺を弟子にしたわけだが。

彼らは〝星霊の使徒〟を甘く見ていた。

鍛えてみたら、剣聖であり大賢者が出来上がってしまったわけだ。

しかも尽きない魔力のおまけつきで。

そんなに強いならさっさと帝国を滅ぼせと思われるかもしれないが、帝国にも相当数の化け物がいる。

それに、下手《へた》に俺の存在が表沙汰になれば、五年前の部隊を全滅させたのがレナだとバレかねない。

帝国にバレたら最後、どんな運命が待っているか想像もしたくない。

だからこそ、俺はアルビオス王国とルテティア皇国を守らなければいけない。

帝国を家族に近づけさせないために。

■■■

部屋に戻ると俺は制服に着替えた。

もう昼休みだろうか。そろそろレナが起こしに来る頃だろう。

そんなことをボーッとしながら考えていると。

「どうしてあなたがここにいるんですか!?」

「見取り稽古のためよ。なにかおかしいかしら？　近くで見た方が気づくことも多いわ」

外から何やら不穏な言葉が聞こえてきたのだった。

7

「おい、あれって……」

「嘘《うそ》だろ……？」

「どうなってんだ……？」

午後。俺は変な注目を浴びていた。

なぜなら――。

「わざわざ起こしに来なくても……」

「見取り稽古ならいいのよね？　なら、できるだけ見る時間を増やさないと」

そう言ってユキナは当然のように俺の隣に座った。

記憶が正しければ。俺の隣はユキナではない。

午前のうちに手を回したんだろうな。

「俺としては剣を握っているとき限定だと思ってたんだけど……」

「達人は普段の振る舞いから違うわ」

「だから買いかぶりだって……」

ため息を吐《つ》くしかない。

ユキナは直感によって俺を達人と信じ込んでいるし、俺から何か学べると信じている。

だからユキナは常に俺を見ている。

ユキナほどの美少女に見つめられ、付きまとわれるのは男として悪い気はしない。

けれど、魔剣科で一番美人と言われるユキナは注目を浴びる存在だ。しかも学院の実力者、剣魔十傑の第三席。

そんなユキナに付きまとわれると、俺まで目立ってしまう。

そういう注目は居心地が悪い。

「できればなんだけど……見ないでもらえる？」

「なぜ？」

「気になって寝れないから」

「寝るんだから別にいいでしょ？」

ユキナは不思議そうに小首を傾《かし》げた。

困ったことに言い返せない。

もうどうにでもなれと思いつつ、俺は机に突っ伏した。

ジーッというユキナの視線を感じて、俺はユキナと逆のほうに顔を向けるが、視線は感じる。

まったく。なんでこんなことに……。

■■■

じ～～

いだろう。

午後から授業に出た奴《やつ》のセリフではないが、いつもと状況が違えば疲れてしまうのは仕方な

「疲れた……」


歴史の授業では、ユキナはなぜか俺の分までノートを取ってくれていた。

理由は迷惑をかけているから、らしい。

ありがたいことだが、クラスメイトたちからの「なにあいつ？」という視線が強くなった。

さらにユキナはいつもさっさと帰るのに、今日はしばらく教室に残っていた。

俺が起きるのを待っていたのだ。

「はぁ……何か学べた？」

「いいえ、もう少し時間が必要なのかもしれないわ」

俺の質問にユキナはそう淡々と答えた。

どうやらまだまだ付きまとう気らしい。

「俺はこのまま自分の部屋に戻るけど、ついてくるの？」

「ええ、隠れて修行してるかもしれないし」

「しないよ、そんなこと」

そう言って俺はユキナと共に寮へ向かう。

少なくとも、周りからはそう見えるだろう。

ユキナは何も言わず、スタスタと俺の部屋までついてくる。

まさか部屋には入ってこないだろうと、俺は扉を閉めようとするが。

「まだ私が入ってないわ」

「どうして入ってこようとする⁉」

扉を閉めようとする俺に対して、ユキナは力ずくで扉を開けて入ってきた。

俺は諦めてユキナを部屋に入れるが、不機嫌さを隠そうとはしない。

けれど、ユキナは気にした様子もなく椅子に座っている。

「で？　俺の部屋で何をするの？」

「監視、かしら？」

「疑問形やめてくれる？　俺は隠れて修行なんてしないし、ダラダラするだけだよ？」

「じゃあ、私も自分の時間を楽しむわ」

そう言ってユキナは一冊の本を取り出した。それは古びた本だった。

何度か学院内でユキナが読んでいるのを見たことがある。

「いつもそれを読んでるけど……お気に入りなの？」

「あら？　ルヴェル君も私のこと見てくれてたのね」

「……」

「剣聖だった祖母が書いたものよ。剣聖としての心構えや、自身の剣術について書いてあるわ。私の愛読書よ」

「なるほど……じゃあそれに、落ちこぼれに付きまとえって書いてある？」

「さすがにそんなこと書いてないわ。けど、常に新しいことに挑戦せよって書いてあるわ。現状に満足するなって」

「へぇ、さすがに良いこと書くね」

「祖母はすごい人よ……私の憧れ。剣聖とはすべての剣士の憧れ。そしてアルビオス王国の守護神。この人が来たら大丈夫だと心の支えになれる人物じゃなきゃ駄目なの。だから……私はそんな剣聖を目指す。そのために必要なことは何でもするわ。人はあなたに付きまとうことを笑うでしょうし、あなたも物好きだって思うかもしれないけど……強くなれるなら私は何でも真剣になれるわ」

そう言ってユキナは青い瞳を俺に向けてきた。

たしかに真剣な瞳だ。冗談なんかで俺に付きまとっているわけじゃないんだろう。

そりゃあそうか。剣魔十傑に名を連ねた時点で、ユキナは学院有数の使い手。落第貴族なんて言われている俺に付きまとうのは気が進まないはずだ。

なにせ俺には明らかに向上する意思がない。それでも強くなるヒントがあるかもしれないと、ユキナは真剣に俺に付きまとっている。

ちょっと変わってるけど、真面目《まじめ》なんだろうな。

でも。

「立派だけど、俺に付きまとうのは時間の無駄だよ。君の夢のためにも……自主稽古でもしたほうがいい」

「ありがたいけれど……それを決めるのは私自身よ。ちゃんと迷惑かけてるのは自覚してるわ。けど、満足するまで見取り稽古をさせてもらう。そういう約束のはずよ？」

「そこまで本気だとは思わなかった……」

呆《あき》れて俺はベッドで横になった。

そのまま目を閉じる。

ユキナのせいで、学院ではよく眠れなかった。

せめてここで寝ておかないと睡眠を取る時間がなくなる。

そして、どれくらい時間が流れたか。

ふと目を開けると、ユキナの姿はなかった。

その代わり、机の上に紙が置いてあった。

「疲れているようだから帰ります、か」

非常識な付きまとい方をするくせに、気を遣う部分はちゃんと気を遣うのは育ちの良さ故か。

寝たときには掛けていなかった毛布も掛けられているし、本質的には世話焼きなんだろうな。

「まいったなぁ……」

良い子だ。そして危うい。

きっと、ユキナは俺が理不尽な要求をしても呑《の》むだろう。強くなるためだと自分を納得させて。

強くなることが第一で、それ以外は二の次なのだ。

それだけ剣聖になることに必死だということだが、その必死さがユキナの弱点でもある。自分を顧みない奴は自分の命も軽く見がちだ。だからユキナは防御に力を割かないんだろう。

少しだけ、心が揺れる。

幾度も見てきたから。そういう奴が戦場で命を落とすのを。

だから、ヒントくらい与えてもいいんじゃないか？　期待できる後継者になるんじゃないか？　という考えが頭をもたげる。

けれど。自分を軽く見る奴は剣士としては大成しない。少なくとも、俺はそう思っている。

そこが直るまではちょっと難しいな。

「もったいない子だ」

8

そして三日が過ぎた。

ユキナはまだ懲りずに俺に付きまとっていた。

その間に、学院内では俺たちが恋仲なんじゃないかという噂《うわさ》が流れ始めた。

そりゃあ、毎日起こしに来るし、しつこいぐらい付きまとっているし、傍《はた》から見れば仲が良く見えるか。

「今日の成果は？」

「なし」

「飽きないわね。不思議と」

午後の授業が終わり、俺は恒例となりつつある言葉をかける。

すると、ユキナも恒例となりつつある返しをしてくる。

あまり表情に変化のないユキナだが、最近は一緒にいるせいか、楽しそうなときはわずかに微笑《ほほえ》むことがわかった。

今も微笑んでいる。それなりにこの見取り稽古を楽しんでいるらしい。

成果がゼロでも。

ユキナが普段から天狼眼《シリウス・アーク》を使っているなら別だが、ユキナはあれ以来、あの魔眼を使っていない。それでは無理だ。

俺がボロを出さないようにしている以上、ユキナが学ぶことはない。

ユキナにはまだ時間が必要だ。誰かに教わるというよりは、たくさんの経験を積んで、自分で気づくべきだ。

防御の大切さや、戦場で人を斬る経験。

俺が教えるとしたら、その後だろう。

だからボロは出さない。

美人に付きまとわれる日々が終わるのは惜しいけれど、ユキナは逸材だ。

下手《へた》に小手先の技術を教えれば、大事なことに気づく機会を失うかもしれない。

そうなれば、俺は貴重な剣聖の後継者を失う。

焦ってはいけないし、色気に惑ってもいけない。

自分に言い聞かせ、自制する。

そんな俺が席から立ったとき、教室に三人の男子生徒が入ってきた。

上級生だ。着ているのは白服。魔剣科の生徒だ。

その三人の先頭、金髪の青年が俺の傍までやってきた。

背も高いし、なかなかのハンサムだ。どっかで見たことある気もするけど。

「君がロイ・ルヴェル君か」

「そうですが、なにか？　先輩」

「僕を知らないのかい？」

「ええ、知りませんね」

「へぇ、強がりで言っているわけじゃないみたいだね」

そう言って青年はニッコリと笑い、前髪をかき上げた。

そして。

「剣魔十傑第六席、ティム・タウンゼット。タウンゼット公爵家の跡取り息子って言ったほうがいいかな？　落第貴族のロイ君」

ああ、どこかで見たことがあると思ったら。

剣魔十傑の一人か。半分以下は興味ないから覚えてない。

しかし、タウンゼット公爵家の息子か。

たしか、ユキナの実家であるクロフォード公爵家と同じく、過去に剣聖を輩出したことがある名家だ。

それなのに三年で六席か。平凡だな。

「それで？　公爵家の跡取りで、剣魔十傑に名を連ねるほどの先輩が俺に何の御用ですか？」

「君に関係あることだが、君自身に用があるわけじゃないよ」

そう言ってティムは俺の後ろにいたユキナに目を向けた。

ユキナの顔は曇っていた。とりあえず、楽しそうではない。

「ユキナ君。少し振る舞いに気を付けてくれないかな？」

「……私がどういう振る舞いをしようと、私の自由です」

「そういうわけにはいかない。君は僕の婚約者だからね。変な噂が流れるのは不愉快なんだ」

婚約者。その言葉にユキナの肩が少し震える。

たぶん、気に入らないんだろうな。

そんなことを思っていると、ティムはさらに言葉を続ける。

「君がこの婚約に気が進まないのはわかっているよ。けど、かつて剣聖を輩出した両家が結ばれることで、僕らの子供は次代の剣聖になりえる。これは国のためだ。君だってアルビオスの貴族として、旅の剣士が剣聖の座に居座っているのは気に食わないだろ？　僕らの子供は希望なんだ」

「……理解しています。ですが、学院在学中は好きにさせてもらいます。そういう約束のはずです」

「君の自由についてとやかく言う気はないよ。体裁には気を付けてほしいと言っているだけだ。僕はタウンゼット公爵家を背負う男なんでね。困るんだよ。未来の妻がこんな——落第貴族と呼ばれる落ちこぼれと仲が良いなんて噂が流れるのは、ね」

それだけ言うとティムはお供の二人を連れて、教室を出ていった。

そんな去っていくティムを見送り、俺はポツリと呟《つぶや》いた。

「なんで六席なのにあんなに偉そうなんだ？　あの人？」

「……タウンゼット公爵家は大貴族よ。王にだって意見を言える家柄だから……」

「婚約の話も押し切られたってわけか」

「強引に話が進んだことは事実よ。けれど、望まれていることも事実だわ。多くの人は私やあの人の代で剣聖の座を奪取することを諦めているの……」

だから次世代に期待するか。

まるでサラブレッドを作るようだな。気に入らない考えだ。

ユキナの子供がユキナより優れている保証がどこにあるのだろうか？

俺ならユキナの才能を磨くことに懸けるけど。

「なるほど。いろいろ合点がいった。どうして強くなることに焦っているのか、少し疑問だったから」

「……私には学院在籍中しか自由がないわ。その間に私は……剣聖を超える。少なくとも、そうなる可能性があると周りに認めさせる。けど、これは私の事情よ。ルヴェル君が何か思うことはないわ。同情なんてされたくない。だから、今まで通り、ボロを出さないで」

「別にボロを出さないようにしているわけじゃないけど……」

肩をすくめながら俺は歩き出す。

そんな俺の後ろにユキナはついてきた。

「釘《くぎ》を刺されたばっかだけど？」

「私の行動は私が決めるわ。それに……六席の指図なんて受けたくないわ」

「やっぱり同じこと思ってたんだ？　君は三席で彼は六席。君は一年で彼は三年だ。とても釣り合う才能とは思えないけどね」

血を濃くすることが目的なら、たぶん逆効果だ。

薄くなる気がする。なにせ、彼は平凡だ。

「でも、ルヴェル君にとっては格上のはずよ。けど、まるで格下みたいな批評ね？」

「外野からなら好きなこと言えるからね」

スッとユキナの目が細くなるが、俺は気にせず答える。

鋭いせいか、他人への評価にまでユキナは突っ込んでくる。おいそれと他人を批評することもできない。

けれど、そんな状況を楽しんでいる自分もいた。

たぶん、嫌じゃないんだろう。

そうじゃなきゃ、こんなに連続で授業に出ることはない。

ユキナが起こしに来るようになってから、皆勤賞だ。午後だけだけど。

まぁ、帝国が妙に静かだからっていうのもあるけれど。

「ルヴェル君、明日の予定は？」

「明日は……レナと出かける予定が入ってたはず」

明日は休日だ。レナから買い物に付き合ってほしいと言われていた。

それを口にして、俺はしまったと口に手を当てる。

チラリと見ると、ユキナはフッと微笑んでいた。

「じゃあ私もついていくわね」

「……レナは嫌がると思うけど？」

「仲良くなりたいと思ってたの」

「それはそれは……」

仲良くなりたいなら、一度俺から距離を取るべきだろうなと思いつつ、そういうアドバイスが通るとも思えないため、俺は小さくため息を吐《つ》いた。

これはレナに怒られるだろうな、と。

9

「お兄様？」

翌日の朝。

しれっといるユキナを見て、レナが笑顔で圧をかけてくる。

それに対して、俺は苦笑いを浮かべる。

「口を滑らしちゃってな……」

「まったく……お兄様はいつも脇が甘いんですから……」

文句を言いつつ、レナは許してくれた。

そんな俺たちを見て、ユキナはクスリと笑う。

「仲が良いのね？」

「ユキナさん！　同行は認めますけど、邪魔しないでくださいね！」

「わかってるわ」

「わかってるならいいですけど……どうして制服なんですか？」

レナは多少不満そうにしつつ、ユキナが白い制服を着ていることを問う。

今日は休日。レナは私服のワンピースを着ているし、俺もラフな格好だ。

向かうのはアンダーテイル。平日なら制服でも珍しくないが……。

「外に着ていくような私服は持ち合わせていないの。興味もないから」

さらりとユキナは告げる。

そんなユキナを見て、レナは小さく呟く。

「超絶美人の特権……」

それに対して、俺はたしかにと頷《うなず》く。

服に興味がないのは、何を着ても一緒だからだろう。

素材が良ければ、よほど下手な調理をしなければ美味《おい》しくなる。それと一緒だ。

ユキナは素材が一級品。特に服に拘《こだわ》る必要はないのだ。

「こほん……それじゃあ気を取り直していきましょう。今日は本屋巡りです」

■■■

「わぁぁぁ!!　あのシリーズの新刊です！　これは!?　あの魔導書の簡略版が出ているなんて!?!?」

アンダーテイルには何軒か本屋がある。

レナはその一軒で大はしゃぎしていた。

「毎週、この調子なの？」

「月に一回だけだよ。頑張ったご褒美ってところかな？」

「ご褒美ってことは本が好きなのね」

「ああ、好きだな。昔はそれしかなかったから」

俺の言葉にユキナは怪訝《けげん》そうな表情を浮かべた。

それに対して、俺は深く息を吐く。

別に隠すことでもないからいいだろうと判断して。

「……俺の趣味が風景画って話をしたっけ？」

「いえ、初耳ね」

「……子供の頃、レナは部屋から出られないほど病弱だったんだ。レナの世界は小さな部屋だけ。だから俺は外で見た景色を描いて、レナに見せるようになった。言葉だけじゃ伝わらないから。問題があるとすれば、いつまで経《た》っても俺の腕が上達しなかったことだけど、レナは目を輝かせて絵を見てくれた。そのうち、それが趣味になった。そして、レナも外の世界に興味が湧いてきて、本で外の世界の情報を取り入れるようになった。レナが本好きなのはその名残だよ」

「ルヴェル君は……妹思いなのね」

「俺だけじゃない。うちの家族はレナにだけはとことん甘い。外で遊ぶ俺や兄をいつも羨ましそうにしていたから。不憫《ふびん》で見てられなかった。だから今は、したいことをさせてあげたい」

「良い家族ね。羨ましい」

「自分でもそう思う」

俺の言葉にユキナは目を丸くする。

そしていつもより少しだけ明るく笑った。

「ルヴェル君は……面白いわね」

「そのルヴェル君ってのやめない？　レナと一緒にいるとややこしいだろ？」

「やめていいの？　名前で呼ぶなんて友達みたいじゃないかしら？」

「君がどう思っているかは知らないけれど、友人程度には思っているよ。俺は」

それは正直な気持ちだった。

剣聖の後継者候補ということを抜きにしても、ユキナは一緒にいて心地よい人だ。

一生懸命だし、人に気を遣うこともできる。

レナが本気で彼女を拒絶しないのは、そういう良い部分を感じているからだろう。

そうじゃなきゃ同行を許可するわけがない。

レナにとって、この時間は大切だ。子供の頃、できなかったことの穴埋めだから。

俺を連れていくのもそれが理由。幼い頃、一緒に出かけることができなかったから。

それなのに同行を許可した。正直、意外だった。

「……こういうこと言うのは恥ずかしいのだけど……」

「うん？」

「私……友達がいないの。だからどうすればいいかわからないわ、今……」

いきなりボッチ宣言をされても、俺もどうすればいいかわからない。

喉まで出かけたその言葉を呑《の》み込む。

さすがに俺でもわかる。思ったことを言うのは悪手だ。

「……たしかに一人のときが多いか」

「馬鹿にしてる？」

絞り出した言葉に対して、ユキナが冷ややかな目と声で返してくる。

まずい、これも悪手だったか。

どうも余計なことを言ってしまう。悪い癖なのかもしれない。

「いや、確認しただけで……その……俺も友人が多いわけじゃないから何とも言えないけど、君が嫌じゃないなら名前で呼んでほしい。俺は君を友人と思っているし、あとは君次第だと思うよ」

「じゃあ……その……嫌じゃなければ……ロイ君と呼ぶわね。ただ、ロイ君もさん付けはやめてほしいわ……」

ユキナは珍しく弱々しい口調でそう告げた。

それに俺は苦笑しつつ、小さく頷く。

そんな会話をしていると。

「お兄様！　次のお店に行きましょう！」

両手にたくさんの本を抱えたレナが店から出てきた。

その本を受け取り、俺は笑みを浮かべるのだった。

■■■

俺の両手には顔まで積み上げられた本があった。

そのほかにもレナとユキナで手分けして本を持っている。

なかなか大漁だ。

「すみません……ユキナさんにまで持たせてしまって……」

「いいのよ。ついてきたのは私だもの。それにしてもすごい量ね。読み切れる？」

「一か月あればたぶん……」

「本当に本が好きなのね。それなら」

そう言ってユキナは自分のポケットから一冊の本を取り出して、レナが持っている本に重ねた。

「これは？」

「剣聖だった祖母が記した本よ。魔導師であるレナさんが読んでもためになると思うわ」

「元剣聖の本!?　そんな貴重な本を貸していただくわけには……」

「もう暗記してるわ。それに部屋に写しもあるから」

「でも……」

レナはチラリと俺を見てくる。

それに対して俺は小さく頷く。

「受け取っておけ。元剣聖が直接書いた本なんて、滅多《めった》に読める機会はないぞ」

「い、いいんでしょうか……？」

「お邪魔したお詫《わ》びよ」

「で、では……大切に読ませていただきます！」

今日一番といっていいほど、レナの顔が輝いた。

貴重さでいえば手元にある本の中でも一番だろう。

ユキナは簡単に渡したが、それは家族だから手元にあるものだ。市場に出回っているものじゃない。

奥義書に近いだろう。一子相伝の書物ということだ。それを読む機会は本当に貴重。

レナは喜んでいるが、王国中の剣士が大金を積んでも欲しがる書物なのは間違いない。

「ありがとう」

「気にしないで。気持ちだから」

ユキナはフッと微笑《ほほえ》む。

ただ、その笑みは学院の正門に差し掛かったところで消え去った。

そこにはティムと取り巻きの学生たちが立っていた。

「君も学ばないな、ユキナ君」

「タウンゼット先輩……」

「僕は君に優しくしすぎたみたいだね」

そう言うとティムはユキナの腕を摑《つか》んだ。

そして無理やり引っ張っていこうとする。

「なんですか⁉」

「来るんだ！　お友達ごっこはもうおしまいだ！　僕の妻になる以上、相応《ふさわ》しい振る舞いをしてもらう‼」

そう言ってティムは無理やりユキナを連れていこうとする。

そんなティムの手をレナが摑んだ。

「事情は知りませんけど、無理やり連れていくのはおかしいです！」

「うるさい！」

レナに口答えされたのが我慢ならなかったのか、ティムは勢いよくレナの手を払った。

そのせいで、レナの体勢が崩れる。

レナとて学院で学ぶ優秀な魔導師だ。体勢を崩した程度で、怪我《けが》はしない。

けれど、レナはユキナから貸してもらった本を優先してしまった。

それを大事に抱えたせいで、受け身が間に合わない。

ただ、そんなレナをユキナが支えた。

「大丈夫⁉　レナさん！」

「あ、だ、大丈夫です……ありがとうございます……」

ユキナはレナを立たせると、怪我がないか確認する。

そしてティムのほうを振り向き、冷たい目で睨《にら》みつけた。

「私の友人の妹に……何をするんですか!?」

普段のユキナからは想像もできないほどの怒りに、ティムや取り巻きは思わず一歩下がる。

それぐらい怒ったユキナは怖かった。

けれど。

「ふん、怪我をしたわけでもないんだ。責められる謂《いわ》れはない。さきに僕の腕を掴んだのはそっちだしね」

「……謝ることもできないんですか？」

「謝る必要性があるかい？」

「……謝ってください」

「断る」

「実力行使で謝らせても構いませんよ？」

ユキナは冷たい声で告げる。

それは脅しじゃない。

「私闘は禁じられているのを知らないのかい？　どうしても僕に実力行使したいなら、決闘でも仕掛けるんだね。ただし、周りからどう思われるか考えたほうがいい。婚約者に決闘を仕掛けるなんて前代未聞だからね。君はよくわかっているはずだ。僕らの結婚は周囲から望まれているし、希望だと。それを君は踏みにじる気かい？」

ティムはそう言いながらユキナに迫る。

自分だけならともかく、自分の家にも関わる問題なため、ユキナは強く出られない。

それに気を良くしたのか、ティムはユキナの腕を摑んだ。

「君は僕に従っていればいいんだ。そういう運命なんだから！」

ティムはユキナを引き寄せ、無理やり連れていこうとする。

そんなティムに対して、俺は頭をフル回転させていた。

こういうのは〝作法〟が大事だからだ。

「どうやるんだっけな……ああ、そうだそうだ」

俺は持っていた白いバッジを取り出す。

学院の紋様が彫られたそれは、肌身離さず身に着けておけと言われている。

そしてこの学院において、実力行使で問題を解決する方法。

それが〝決闘〟だ。

やり方はバッジを相手に投げつけ、決闘を申し込むと宣言する。

バッジを相手が拾えば決闘成立だ。もちろんバッジを拾わなきゃ成立しないが、バッジを投げつけられて拾わないのは臆病者と揶揄《やゆ》される。

だから。

「じゃあ——代わりに俺が決闘を申し込む」

そう言って俺はティムに向かってバッジを投げつけた。

ティムに当たり、地面に転がったバッジが金属音を鳴らす。

それを見て、ティムは怒りに体を震わせた。

「言っている意味がわかっているのかい……？」

「もちろん」

「僕は剣魔十傑の第六席……君は落第貴族……勝負になると思っているのかい？　その場の感情なら見なかったことに……」

「いやいや、そういう確認はいいんで。早く拾ってもらえます？　先輩」

俺は落ちたバッジを指さす。もちろん早く拾えよという目で。

格下からの挑戦を格上が逃げるのは恥だ。

さきほどティム自身が言ったのだ。自分と俺とでは勝負にならないと。

それなら逃げるわけにはいかない。

ゆっくりとティムはバッジを拾う。

そして。

「その決闘……ティム・タウンゼットが受けた」

「日時はいつでもいいですよ。場所もそちらに任せます」

俺が笑いながら告げると、ティムは勢いよくバッジを投げ返してきた。

「僕を舐《な》めたこと、必ず後悔させてやる!!」

ティムはユキナから手を離し、怒りに肩を震わせながら学院に戻っていった。

きっとこれから俺に思い知らすために、準備を始めるんだろうな。

ご苦労なことだ。

「さて、帰るか」

「お、お兄様!? 決闘だなんて!? 勝算があるんですか!?」

「さぁ? やってみればわかるんじゃないか？」

レナの言葉をのらりくらりと躱《かわ》しながら、俺は散らばった本を拾い集めるのだった。

10

決闘の話は瞬く間に広まった。

落第貴族がタウンゼット公爵家の御曹司、そして剣魔十傑の第六席に決闘を申し込んだんだ。

話題にならないわけがない。

さらに、ティムは相当頭に来たのか、この決闘を相当大がかりなものにしようとしている。

準備期間は一週間。

修練場を貸し切り、アルビオス王国、ルテティア皇国からかなりの賓客を呼んで行うらしい。

もちろんそこにはタウンゼット公爵も含まれている。

これほど大規模な決闘は滅多にない。

普通なら教師の立ち会いの下、ひっそりと行われる。少なくとも観客は生徒だけだ。外から人を呼ぶなんて、よほど腕の立つ生徒同士の決闘じゃなければ行われない。見世物にならないからだ。つまり、だ。

「自分が勝つ姿を見せたいから親を呼ぶとは……親離れができない人だなぁ」

「言っている場合か？」

部屋のベッドで呟《つぶや》くと、呆《あき》れた声が返ってきた。

灰色の髪に黒い瞳。俺との違いはまず背が高いこと。それと伸ばした髪を後ろで結っていること。

名はリアム・ルヴェル。俺の四つ上の兄だ。歳は二十。

今は王城にて外務大臣の補佐官をしているエリートだ。

「お前がタウンゼット公爵の息子と決闘をすると聞いたとき、俺がどんな気持ちだったか、わかるか？」

「いつも苦労をおかけしてすみません、兄上」

静かに頭を下げる。

リアム兄上は苦労人だ。生真面目《きまじめ》な性格のせいで、苦労を背負い込んでしまう。

タウンゼット公爵はアルビオス王国の名家だ。

いろいろと問題のあるルヴェル男爵家の者が、公爵令息の不興を買い、決闘に発展したとなれば、城での兄上の立場も微妙なものとなる。

「俺の苦労などどうでもいい。経緯はレナから聞いている。俺もムカついた。その場にいたら同じ行動をしていたかもしれん。だが……勝算はあるのか？」

「八割ほど」

「勝てるか⁉」

おお⁉　という表情を兄上が浮かべる。

思わず座っていた椅子から腰が浮く。

しかし。

「負けます」

「では、二割ではないか！　期待させるな！」

兄上は期待して損したという表情で椅子に座りなおす。

しかし、少し考えて聞き返してくる。

「……二割もあるのか？」

「一応、弱点はわかっています」

「相手は第六席。それに二割もあれば上等か。それで？　その弱点というのは？」

「秘密です」

「俺にまで秘密か？」

「お楽しみということで」

「まぁいい。少なくとも勝算があるならいい。気づいていると思うが、俺が来たのはお前を説得するためだ。決闘の前に頭を下げに行け、という説得だな」

「兄上の立場なら仕方ないでしょうね。いつもすみません」

兄上は外務大臣の補佐官。

外務大臣からすれば、いくら学院内のことであってもアルビオス王国の有力貴族と自国の貴族が揉《も》め事《ごと》を起こすのは避けてほしいだろう。

ましてやルヴェル男爵家。アルビオス王国にしろ、ルテティア皇国にしろ。

ルヴェル男爵家によいイメージを持っていない。

まぁ、やったことがやったことではあるし。しょうがないといえばしょうがない。

とはいえ、もっともルヴェル男爵家を警戒しているのは大公国の貴族たちだが。

いつ、父上の謀略に巻き込まれないかと恐れている。

だから爵位は上がらないし、要職につくこともない。

そんなルヴェル男爵家のイメージを変えるため、兄上は城で働いている。馬車馬のように。

すべて俺やレナのためだ。

自分が城にいれば、少しは父上への疑いも薄れる。自ら人質になったようなものだ。

そんな兄上には頭が上がらない。迷惑ばかりかけている。

「勝算がないなら頭を下げろと説得するところだが、勝算があるなら構わん。所詮は生徒同士のいざこざだ。大事にしようとしても、限度がある。負けたところで傷つく家名でもない。全力を尽くせ」

「ありがとうございます。けれど、兄上はそれでいいのですか？」

「今更穏便に済むとは思えん。向こうはお前を大衆の面前で負かさねば気が済まないだろう。ならばぶつかるのみ」

「いえ、そうではなくて……勝ってしまった場合、困ったことになるかなと」

「もう勝った気になっているのか？　調子の良い奴《やつ》め。それも安心しろ。事前にタウンゼット公爵とは、生徒同士の諍《いさか》いと話をつける。万が一、負けたとしても難癖はつけられん」

兄上の言葉に俺は頷《うなず》く。

ティムのプライドの高さを見る限り、その通りになるか不安ではあるが。

今は考えても仕方ない。

「それでは俺は行く。当日は見に来るから、それまで稽古に励め」

そう言って兄上は部屋から去ったのだった。

■■■

決闘の前日。

心配するレナやユキナには勝算があるとだけ告げて、誤魔化《ごまか》してきた。

そうこうしているうちに、決闘の準備は整った。

勝者の要求も。

こちらの要求は〝レナとユキナへの謝罪〟だけ。

対して向こうは、〝二度とユキナに近づくな〟というものだった。

なかなかユキナに執着しているようだ。もしもティムが勝者になれば、よほど肝の据わった奴じゃなければユキナに近づかないだろう。それを理由に再び決闘を申し込まれても困るからだ。本格的にユキナを孤立させる気なんだろう。

独占欲の権化みたいな男だ。

俺から近づいたわけじゃないんだが、向こうからすればそういうことは関係ないんだろう。どういう経緯、理由があろうと、自分の婚約者の周囲に男がいるのが嫌なんだろう。

「まいったなぁ……」

負けるわけにはいかない。

しかし、しかしだ。程よく勝つ方法が思いつかない。

できれば、あまり力は見せたくない。けど、負けられない。

贅沢《ぜいたく》な悩みだが、大勢が見に来る以上、剣聖としての剣筋は見せたくない。どこから繋《つな》げられるかわからないからだ。

なにより、ユキナが見ている。天狼眼《シリウス・アーク》を使われたら誤魔化しはきかない。

「困っておるようじゃのぉ」

部屋の扉が音もなく開く。

そこには男がいた。ぼさぼさの長い灰色の髪、黒い瞳。右手には杖《つえ》を持っており、右足を引きずっている。五十を過ぎたばかりだが、重ねた戦歴の賜物《たまもの》か。他者とは隔絶した凄《すご》みがあった。

その顔には曲者《くせもの》特有の笑みが張り付いていた。

「わざわざお呼びしてすみません、父上」

「よいよい、気にするな」

そう言って男は笑いながら部屋に入って、椅子に座った。

かつて、自分の領地を餌にしてアルビオス王国とルテティア皇国を争わせた謀略家。

三国随一の食えない男。

ルヴェル男爵家当主にして、俺の父、ライナス・ルヴェルだ。

「話を聞いたときは驚いたぞ？　さっさと学院を辞めたいがために、大貴族に喧嘩《けんか》を吹っ掛けたのかと思ったが、どうやら違うようじゃな？」

「まぁ、いろいろとありまして」

「わかっておる。クロフォード公爵家の娘をチラリと見たが、あれほどの美人、そうはお目にかかれんぞ？　見る目があるな？　さすがワシの息子じゃ」

「違います。そういうことではありません」

「よいよい、照れるな。お前もそういう年頃じゃ。レナは建前、あの娘が理由では？　決闘の相手は婚約者らしいからな。次代の剣聖を、と両家は婚約を進めたわけだが……片方が落第貴族などと呼ばれている落ちこぼれに負ければ、婚約の話は立ち消えることになるだろう。なかなか考えたものじゃのぉ？」

「頭の片隅にはそういう考えがあったことは認めますが……それが本命じゃありません。ただ単にムカついたからです」

「男の誤魔化しはみっともないぞ？　それで？　どう考えておる？　妻にと考えておるのか？　それとも――剣聖の後継者か？　どちらの条件も満たしておる。まぁ、剣聖と大賢者の妻という点においては、やや見劣りするやもしれんがな」

そう言って父上は愉快そうに笑う。

心底、楽しんでいるな、この人は。

俺の正体を知っているのは三人。俺の師匠である先代の剣聖と先代の大賢者。

そして父上だ。

「父上、ふざけるのはそろそろよしてください。知恵を借りたくて呼んだんです」

「そう怒るな。息子の成長が嬉《うれ》しかっただけだ。さて、本題といこう。何に困っておる？」

スッと、父上は目を細めた。謀《はかりごと》を考えるときの顔だ。

「ユキナ・クロフォードは……天狼眼を持っています。下手《へた》に戦っているところを見られると、正体がバレかねません」

「すべてを見切る魔眼か。なるほどなるほど。天賦の才じゃな。とはいえ、剣聖ならばたいしたことあるまい。見られんくらいの速度で斬れんのか？」

「何かしたことはバレます。見えなかったという事実がありますから。それこそ剣聖に繋げられてしまうかと」

　高性能な魔眼に捉えられないほどの速度の斬撃。そんなことができる者は限られる。ゆえに、俺は下手なことはできない。

「ならばお手上げじゃな。諦めて、弟子にするなり、妻にすることじゃ。身内に引き込めば問題あるまい。強いなら問題ないじゃろ？」

　ワシも早く孫が見たい、と父上は笑う。

　そんな父上に対して、俺は呆《あき》れながらため息を吐《つ》いた。

「真面目に相談しているんですが？　父上」

「ワシは人より賢いと自負しておるが、剣聖であり、大賢者であるお前がどうにもできん状況を覆す策など思いつかん。無茶《むちゃ》を言うな」

　父上はそう言って肩を竦《すく》める。

　たしかに状況がすでに整ってしまっているので、なかなか小細工はできない。

　だが。

「そこをなんとか。知恵を絞ってください。三国一の謀略家と言われる父上なら、いやらしい策を思いつくはずです」

「父に向かってなんたる言いぐさだ。まったく……」

　ぶつくさと文句を言いながら、父上はしばし天井を見上げて考え込む。

　そして。

「一つだけあるやもしれんな」

「聞かせてください。どうにか彼女に天狼眼を使わせない方法を」

「じゃから無茶を言うな。そんなものはないし、使わせないように動けば、自分の正体を晒《さら》すようなものじゃ。秘密は隠すから秘密なのじゃからな。大人しく使わせるしかあるまい」

「バレてしまえと？」

俺の言葉に父上は頷く。

たしかに一理ある。下手に隠せば疑われるだけ。ならば。

「剣聖とバレなければいいだけ。そう割り切って、力はある程度見せるということですね？」

「その通りじゃ。相手はお前が力を隠していると思っていても、剣聖とは思っておらんじゃろう。だから、力を隠していたこと自体は明かせばいい。一切、剣聖の片鱗《へんりん》を見せず、倒せばよいのじゃ」

「言いたいことはわかりますが……そう都合よくいきますか？」

ため息を吐きながら俺は呟《つぶや》く。剣を軽く振るうだけでも癖は出る。そういうのを見抜く魔眼だ。それを出さないようにできたら、苦労はしない。

「できんことはないじゃろ。剣聖としての剣技のほかに、お前にはもう一つ剣技がある。母親から受け継いだ剣技が、な」

「子供の頃に見た記憶と、書物から得た知識で真似《まね》ただけのものですよ？」

「しかし、それを使えば誰もが納得する。お前の母はかつて、大公国一の剣士だった。さすがはあの女の息子だ、と皆、思うじゃろう。もちろん、クロフォード家の娘も、な」

父上らしい無茶ぶりだ。たしかに俺が普段から使う剣聖としての剣技を封印して、滅多《めった》に使わない剣技で臨めば、剣聖だとバレる確率は下がる。

ただ、とても難しい。癖は意識しなくても出る。隠し通せるかどうか。

俺の腕前ありきの無茶ぶりだ。とはいえ、元々は俺が蒔《ま》いた種だ。

「それならまぁ、やるだけやりましょう。それでも誤魔化せないときは……そのとき考えます」

「そうしろ。それはそうと、あっさり決着をつけるでないぞ？」

「なんでですか？」

長引けば癖が出る可能性がある。力を隠していた、ということ自体を認めるなら、さっさと倒すべきだ。その先の正体にたどり着かれたくはないわけだし。

けれど。

「まぁ、ワシに任せておけ。上手《うま》くすれば儲《もう》け話に発展させることができるやもしれん」

そう言って父上はニヤリと笑う。

これはまたよからぬことを考えている顔だ。

11

決闘当日。

父上から出された指示は、合図があるまで適度にダメージを受けていろ、というものだった。

劣勢を演じろ、ではなく、ダメージを受けろという以上、何か考えがあるんだろう。

とはいえ、ダメージを受けすぎると止められかねない。

周りに止められない程度にダメージを受ける。難しい作業だ。

だが、父上には考えがあるようだ。父上は儲け話と言っていたが、何を考えているのやら。

とはいえ、臨時収入が入ればレナに本を買ってあげることができる。付き合うとしよう。

まぁ、父上が信じられないときは……勝ちが優先だ。

剣筋を見せたくはないが、負けるのは癪《しゃく》だ。

そんなことを思いながら、俺は決闘の舞台に立ったのだった。

■■■

「よく逃げなかったね、ルヴェル君」

「俺から挑んだ決闘なんで」

修練場には相当な数の人が入っていた。

まるで闘技場での試合だ。決闘は四角い舞台の上で行われ、そこから落ちたら失格だ。

「両者、最後の確認だ！　準備はいいか？」

「ティム・タウンゼット。問題ありません」

「ロイ・ルヴェル。問題ありません」

「よろしい！　場外に落ちたら負け。気絶したら負け。負けを認めたら負け。審判である私が止めたら負け。いいな？」

審判役の教師の言葉に頷く。

そして俺たちは十歩下がった。持っている剣は模擬剣。刃はないし、特殊な仕掛けがしてあるから魔力を込めた一撃も威力が半減する。

だが、剣魔十傑に選ばれるような使い手ならば、それでも相当な威力を出せるだろう。

ぐるりと観客席を見渡す。

父上の姿は見当たらない。たぶん、どこかでこそこそと頃合いを見計らっているんだろう。

そんなことを思っていると、開始の合図が鳴ったのだった。

■■■

〝魔剣術〟。

それはアルビオス王国発祥の魔法と剣技を合わせた戦闘技術だ。

魔導師は魔法を放つが、アルビオスの剣士は違う。

自らの剣を魔剣へと変化させるのだ。

「刮目《かつもく》するといい！　これがタウンゼット公爵家の〝雷霆剣《らいていけん》〟だ！」

模擬剣の刀身が漆黒に変化し、雷を纏《まと》う。

それに対して俺は模擬剣に魔力を通して、強化する。

強化は基本中の基本。つまり、ティムは俺の一つ上にいるということだ。

ただ、これは剣士同士の決闘。魔剣の質だけでは決着はつかない。

良い剣を持っているだけで勝てるなら苦労はしない。

「はぁっ‼」

ティムは勢いよく俺の懐に潜り込んでくる。

それに対して、俺は後ろに下がって対処する。

すでに剣のリーチの外。しかし。

「甘い！」

そう言ってティムは剣を振るった。

たしかに剣のリーチの外ではあるが、剣に纏わせている雷が俺へと襲いかかる。

防御が遅れて、雷をモロに食らい、俺はさらに後ろへ吹き飛ばされた。

「くっ……」

チラリと後ろを見ると、もう場外ギリギリだった。

そんな俺に追撃をかけず、ティムは中央で剣を構える。

「怖気《おじけ》づいたなら場外に出るといい。敵《かな》わない相手とは戦わないというのも賢い選択だよ？」

「どうしたんです？　負けるのが怖いんですか？」

「な、に……？」

「自信があるならさっさと片付ければいい。もしかしたらって思うから場外に出ることを勧めるんですよね？　ありがとう、先輩。今ので勝算が見えましたよ」

「このっ……！　調子に乗るな！」

ティムは中央から一気に俺へ突っ込んでくる。

そして雷の魔剣を勢いのまま振り下ろしてきた。

それを俺は受け止めた。その場で力比べが始まる。

「受け止めたぞ⁉」

「なかなかやるな！　落第貴族！」

観客が沸き立つ。

だが、ティムは自分の一撃を受け止められたのが屈辱だったのか、顔を歪《ゆが》めている。

「調子に……乗るな‼」

怒涛《どとう》の連撃。

それを俺は受け止めきる。すべてギリギリ。

だが、ダメージが入らない。連撃が終わり、俺は無傷。

想定より俺がやるせいか、ティムの顔には怒りが浮かんでいる。

思い通りにいかないから、冷静さを欠いているんだろう。

死ね、と言わんばかりに殺意のこもった突きを放ってくる。

それを見て、俺は笑う。ティムの弱点は精神面。上手くいくことに慣れすぎていて、上手くいかないことに納得できない。

世の中、上手くいかないことのほうが多いのに、だ。

俺は突きを受け流し、ティムと場所を入れ替わる。

すると、ティムは勢い余って場外に落ちそうになる。

「ぐっ……!!」

咄嗟《とっさ》に踏みとどまるが、あと少しで落ちる。

だから俺は重い一撃をティムに放つ。

受け止めても体勢は崩れるし、回避しても体勢は崩れる。

だが、ティムはどちらもしなかった。

「落第貴族が……小賢《こざか》しい!!」

雷の魔剣が床に突き立てられる。

瞬間、床を伝って雷が俺を襲った。

想定外の攻撃により、俺は吹き飛ばされ、中央に押し戻された。

その間に悠々とティムはギリギリの体勢から脱却する。

「まともにやったら勝てないから場外での勝利を狙っていたのか……さすがルヴェル男爵家の息子だよ！　小賢しい！」

そう言ってティムは舞台の中央で剣を構える。

二度と同じ手は食わないという雰囲気だ。

できればあれで落ちてほしかったが、まぁいいだろう。

これで怖がって必殺の一撃は出せないはず。

止《とど》めを刺しきれず、ダメージが重なる試合展開になるだろう。

父上が望んだ試合展開だ。あとは適度にダメージを受けていればいい。

果たして、どういう策を持ってくるのやら。

〝灰色の狐《きつね》〟のお手並み拝見といくか。

12

ロイとティムの決闘は泥仕合の様相を呈していた。

ティムのほうが圧倒的に上だが、場外の恐怖で踏み込めない。

ゆえに決着がつかないのだ。

そんな決闘の観客席。

ユキナの隣には背が高い金髪の男性がいた。

シュッとした中年で、センスの良い服を見事に着こなしている。

「息子がすまないね、ユキナ君」

「いえ……タウンゼット公爵」

「私は君の学院生活に干渉する気はない。あとで息子にもよく言い聞かせておくよ」

柔和な笑みを浮かべながら、ティムの父親、エディ・タウンゼットはそう告げた。

優雅に椅子に腰かけ、エディは息子の戦いを見つめる。

「しかし、決闘が終わったら説教だな。ティムには」

ユキナからの返答を待つが、返答はない。

答えづらい事柄だったかと反省しつつ、エディは言葉を続ける。

「場外負けが怖いせいか、いつもの動きができていない。君なら一瞬で終わらせることができるだろうし、ティムにはもっと精進が必要だ。そうじゃなければ君と釣り合わないからね」

「……場外負けが怖いだけではありません。ロイ君が常にリズムを崩してくるので、攻撃のテンポを摑《つか》めないいんです」

ティムの攻撃に対して、ロイは防戦一方。

そう見えるが、状況をコントロールしているのはロイだった。

攻撃させて、相手を疲れさせる。相手が気持ちよく攻撃できないように、受け方を頻繁に変えて、相手のリズムを崩す。

そのせいでティムは攻勢に出ていながら、決めに行くことができなくなっていた。

「さすがはユキナ君だ。いや、ここはさすがルヴェル男爵家のご子息と言うべきかな」

落第貴族と呼ばれる落ちこぼれ。

そうエディは聞いていていた。

しかし、ふたを開けてみれば意外にやる。

自分から決闘を仕掛けただけのことはある。

感心していると、杖《つえ》の音が聞こえてきた。

そして、その音は自分の隣で止まる。

「隣……よろしいですかな？」

「もちろん」

そう言って空いていたエディの隣の席に、灰色の髪の男が座った。

座ったのを見て、エディは呟《つぶや》く。

「遅かったですね。ルヴェル男爵」

「我が領地は田舎《いなか》ゆえ、移動に時間がかかるのですよ、タウンゼット公爵」

そう言ってライナス・ルヴェルは笑う。

それに対して、ユキナの隣に座っていたレナが声を発する。

「遅いですよ！　お父様！」

「おお、レナ。すまんすまん。これでも急いだんじゃが……おっと？　隣におられるのがクロフォード嬢かな？」

「お初にお目にかかります、ルヴェル男爵。ユキナ・クロフォードと申します」

「ライナス・ルヴェルだ。息子がすまんな。賞品のような扱いは正直、嫌だろう。根性が曲がった奴《やつ》ですまんすまん」

ライナスはそうニヤリと笑う。

なぜなら賞品扱いしているのはロイではなく、ティムだからだ。

エディは軽く顔を引きつらせながら話題を変える。

「ところで、ルヴェル男爵。愚息がご令嬢にひどい仕打ちをしたそうで。息子に代わり、謝罪いたします。申し訳なかった」

「はっはっはっ!!　よいのです。アルビオス王国は剣の国。我がベルラント大公国とは女性の扱い方が違うのでしょうなぁ！」

愉快そうにライナスは笑う。

チクリチクリと刺されているエディは、不快感を堪《こら》えつつも笑顔を維持した。

しかし、言われっぱなしはプライドが許さない。

自然と話題を決闘に向けていた。

「たしかに女性の扱い方も知らない無骨者ですが、剣の腕はなかなか。剣魔十傑にも名を連ねています。正直、ルヴェル男爵のご子息にしては考えなしでしたね」

「いやいや、ワシの息子はようやっておりますよ。格上との戦い方というのを心得ておる。一方、ご子息は力が出し切れぬ様子。賓客まで招いて負けたら面目が立たないですからなぁ。クロフォード家との婚約も、負けたりしたら……おっと、これは余計な詮索でしたな。失敬」

「いえ……」

自分で自分の首を絞めた愚か者。

そう暗に示し、ライナスはティムのことを笑う。

それに対して、エディは肩を震わせて耐えていた。

「たしかにご子息はよくやっている。けれど、いくら策を弄しても一対一の決闘でモノをいうのは地力。その地力では私の息子のほうが勝っているようです」

「いやいや、ひょっとするとひょっとするやもしれませんぞ？　地力で勝る相手には、地力を出させねばよいだけのこと。その点、我が息子はしっかりとそれを行っている」

「おや？　ルヴェル男爵はご子息の勝利を信じておられるので？　失礼だが、策士と呼ばれるルヴェル男爵にしては……少々、客観性を欠くのでは？」

「身内のことですからなぁ。息子が誇りをかけて決闘を挑んだのです。ワシくらいは信じてやらねば。それにワシの息子です。勝算のない戦いは致しませぬ」

「なるほど、すごい自信だ。では、私も息子を信じましょう。残念だが、ご子息に勝ち目はありません」

一瞬、親同士の視線が交錯する。

そしてライナスはフッと笑った。

「……そこまで言い切られてはこのライナス・ルヴェル、退《ひ》くわけには参りませんなぁ。勝つのは我が息子です。賭けてもいい」

「そのままお返ししましょう。勝つのは私の息子です。こちらも賭けてもよい」

こうなると意地と意地のぶつかり合いだった。

互いに視線を逸《そ》らさなくなった。

それを見て、レナが口を挟む。

「お、お父様、落ち着いて……」

「レナは口を挟むでない。タウンゼット公爵、言葉を撤回するなら今のうちですぞ？」

「それはこちらのセリフだ、ルヴェル男爵」

「では……ワシは領地にある国境付近の金山を賭けましょう。知っておりますぞ、我が領地と接する貴族はあなたのご親戚だ。金山の領有権を主張する準備をしておるとか。どうせ曖昧な場所にある金山だ。そちらのご子息が勝ったら、領有権を差し上げましょう。ご親戚が領有権を主張した際は、こちらは一切、異を唱えないとお約束いたします」

「大きく出ましたね。そちらがそう来るなら私もそれ相応のモノを差し出さねば……馬車五台分の金塊でいかがですか？」

「おやおや、自信がないのが見え隠れしておりますぞ？　公爵家の経済力を考えれば、その程度は痛くもないでしょう？　ご子息を信じられぬならそう言ってはいかがか？」

「これは失礼……では十五台分でいかがか？」

「よろしい。証人は誰になさいますかな？」

「この場にいる貴族全員でよいのでは？」

「それはいい。二言はありませぬな？」

「もちろん」

ヒートアップした二人の会話は、周りの貴族にも聞こえていた。

ライナスは念を押すように告げる。

「各々方、聞いておりましたな？」

聞かれて、周りの貴族たちは返事をする。

ただ、返事などに意味はない。

これだけ人がいる場で賭けた以上、やっぱりやめますなど許されない。

証人も多数いる。その状況にほくそ笑んでいたのはエディのほうだった。

そもそも賭けなど成立しないレベルの戦いだ。

それなのに賭けに引き込むことができた。

圧倒的な優位にエディはあった。

たとえ〝灰色の狐〟と呼ばれる食わせ者でも、これだけの証人がいれば逃げきれない。

この勝負、自分の勝ちだ。うまい話だった。そうエディが確信したとき。

ライナスが口を開いた。

「そういえば……言い忘れておりました。我が息子には妻が遺《のこ》した秘剣が伝わっておりましてなぁ。所詮は田舎貴族の秘剣。タウンゼット公爵はご存じないでしょうから、説明いたしましょう」

「ほう？　奥方の秘剣とは興味深い。どんな秘剣ですかな？」

この状況を逆転できる秘剣などあるわけがない。

とっておきがあったとしても、これだけの実力差を覆せるわけがない。

そうエディが思っていると。

「戦場では使えない秘剣でしてな。受けたダメージを魔力に変換して、剣に流し込むのです。消えゆく火の最後の輝きのような最終手段。名は――秘剣・灯火《ともしび》」

13

適当にティムのリズムを乱しながら、たまに攻撃に当たりつつ、俺は父上の言葉を聞いていた。

さすが灰色の狐と呼ばれることはある。

絶対に勝てるとわかっているのに、さも息子思いな父親を演じて、相手を賭けの場に引きずり出した。

しかも、相手はほぼ勝てると思っている。挑発に乗って、条件を釣り上げてしまった。

それも当然だろう。

表向き、一縷《いちる》の望みに賭けているのは父上だ。無謀なのは父上というわけだ。

けれど、その裏ではティムに勝ち目はない。無謀どころじゃない。賭けが成立していること自体が詐欺といえるだろう。

そんな中、俺は父上の言葉に思わず、手を止めてしまった。

受けたダメージを魔力に変換して、剣に流し込む。消えゆく火の最後の輝きのような最終手段。

秘剣・灯火。

母上が遺した技にそういうものがある。たしかに、ある。言われてようやく思い出したレベルの技だが。

ダメージを受けろというのは、そういうことか。

しかしなぁ。あの技は間違っても秘剣ではない。

そもそも、ダメージを魔力に変換というが、そんなの欠陥技もいいところだ。

魔剣術というのは、本来なら放つはずの魔法を剣に宿し、魔剣へと変貌させる技術だ。射程を犠牲にして、威力を手にした剣術といえる。

根本的に殺傷能力が高いのだ。

今は決闘用に模擬剣を使っているが、本来ならティムの攻撃はもっと強力だ。

そういう状況なのに、ダメージを受けないと発動できない技というのは欠陥だ。戦場では使えないと父上も言ってしまっている。

そのような技を秘剣にするほど母上は愚かじゃない。

だが、秘剣と言ったことで流れが変わった。

俺はティムから距離を取る。

ダメージを受けろというのは、俺が逆転しても不自然じゃないため。

これ見よがしに秘剣などと言えば、周りも期待する。期待値が高ければ、多少威力が高くても問題ない。

一撃で決めることができるから、細かい剣筋を見せる必要もない。

この展開を昨日の時点で想定しており、違和感なくその展開に持っていくために、タウンゼット公爵を巧妙に挑発し、親同士の意地の張り合いまで持っていった。

そしておまけ……というか、こっちが本命だろうけど。

相手から賭けの条件を引き出した。

俺が逆転するかもしれない、という雰囲気を作り出して。

さすがというしかないし、やっぱり、どこか頭のネジが外れていると思う。

三国から警戒されるだけのことはある。

唯一の救いは、自分の領地と家族を守ることが第一の人だということだろう。

これで野心家だったら目も当てられない。

「どうした⁉　怖気《おじけ》づいたか⁉」

「先輩……もう勝ち目はありませんよ。すぐに決めきれなかったのがあなたのミスだ」

「ふん……秘剣とやらか……いいだろう！　受けて立ってやる‼」

そう言ってティムは自分の剣に雷を集めていく。

魔剣術には段階がある。

一つ目は、俺が今しているような強化。

二つ目は、ティムがしているような性質変化。

最後の三つ目。これが真骨頂だ。

名はそのまま〝魔剣化〟。形態変化を起こし、自分専用の魔剣へ変貌させること。

「魔剣……〝雷轟《らいごう》〟」

模擬剣の形が変わる。

両刃の模擬剣が片刃になり、反りが入った。そして漆黒の刀身は細く、長く伸びる。剣というよりは太刀《たち》というべき姿だ。

模擬剣の魔剣化は相当な魔力を消費するが、それでも行ったのは俺の秘剣を警戒したからだろう。

長くは維持できないだろうが、俺を仕留めるには十分すぎる威力を持っている。

「さぁ!!　来い！」

「行け！　ティム！　タウンゼット公爵家の力を見せつけろ!!」

親子が前のめりになる。

それに対して、うちの親は余裕綽々《よゆうしやくしやく》だ。

どしっと椅子に座りながら、呟《つぶや》いた。

「やってしまえ、ロイ」

声に従い、俺は右手で剣を構える。

右足を引き、体を斜めにする。

突きの構え。教えてもらったものじゃない。記憶の中の母上を思い出しながら、書物から学んだ構え。

ゆっくりと体に負ったダメージを魔力に変換して、剣先に集中させる。

観客たちは、あれがルヴェル男爵家の秘剣の構えか⁉　と沸き立つ。

ティムも魔剣を構え、俺の攻撃に備える。

おそらく相殺を狙っているんだろう。

俺が攻撃したら、ティムも攻撃してくるはず。

俺がすべきなのは〝やりすぎないこと〟。

調子に乗って力を入れすぎると、ティムを殺しかねない。

ただ、ティムの魔剣を確実に突破しなければいけない。

その力の入れ具合を考えていると、場が静まり返った。

一瞬で勝負が決まるとわかっているから、誰もが息を止めて食い入るように見ている。

チラリと見ると、ユキナが魔眼を使っているのが確認できた。

やれやれ。勉強熱心なことだ。とはいえ、この試合で見られるのは母上の技を受け継いだ「俺」でしかない。

「秘剣……灯火」

呟き、俺は突進しながら剣を突き出した。

それに対してティムは魔剣を振り下ろす。

剣が一瞬、衝突する。

魔力同士の衝突によって風が巻き起こる。

だが、衝突はあくまで一瞬。

すぐにティムの魔剣は弾《はじ》かれた。

「なっ⁉」

その間に俺はティムの懐に潜り込み、魔力で体を保護しているのを確認する。

下手《へた》に怪我《けが》でもさせたら大変だ。

けれど、こいつのユキナへの態度。レナへの態度。

それを反省させる必要がある。

「ちゃんと――謝ってもらうぞ」

怪我はしないけれど。

確実に気絶はするだろうぐらいの力加減をしつつ、俺はティムの腹に模擬剣を叩《たた》き込んだ。

「ぐふっ⁉」

ティムの体が浮き上がり、くの字に曲がる。

そのままティムは舞台の外まで吹き飛んでいった。

地面に叩きつけられ、一回転、二回転と転がっていく。

それを見て教師が声を張り上げながら、ティムに駆け寄る。

「それまで！　勝者！　ロイ・ルヴェル‼」

会場が一気に沸き上がった。

完璧なお膳立て。

もしかしたら逆転するかも？　という可能性が浮かび上がって、そして劇的な逆転だ。

気持ちが入っていた分、興奮もすごい。

けれど。

「よーしっ！　よーしっ！　よくやった！　よくやったぞ！　ロイ！　これでルヴェル男爵家は当分安泰じゃ!!　馬車十五台分の金塊があれば何でもできるぞ！　仕送りも増やせるからな！　楽しみにしておれ!!」

一番興奮しているのは父上だった。

14

決闘後。俺は部屋にいた。

ティムは意識を失ったため、医務室に運ばれており、俺は特に怪我もなかったため部屋に戻ってよいと言われたのだ。

そして部屋には父上がいた。

「で？　なにか言うことありますか？」

「なんだ？　不満そうじゃの。あれほど盤面を整えてやったというのに、何が不満なんじゃ？」

「賭けの話がなければ、感謝していました」

「あんなもん、おまけじゃ、おまけ。わかりやすい男で助かったわ。ちょっと挑発したらすぐに乗ってきおった」

「やりすぎでは？　兄上に怒られますよ？」

「やりすぎなものか。あの父にして、あの子があるのじゃ。人を見下すがゆえに、自分の正当性を疑いもせん。ああいう者たちには痛い目を見せねばならんのじゃ」

「という建前で、本音は？」

「ワシの娘に手荒い真似《まね》をしたのが許せん。腕を摑《つか》まれて喜ぶならまだしも、振り払うとは。三代先まで貧乏くじを引かせねば気が済まん」

当然だとばかりに鼻息荒く告げる父上。

自分の正当性を疑いもしないのは、父上も同じだろう。

娘がやられたなら十倍返しでも当然と思っている。

タウンゼット公爵家も厄介な人に目をつけられたもんだ。

そんなことを思っていると、部屋の扉がノックされた。

「どうぞ」

「まずは……よくやったと言うべきだな」

そう言って入ってきたのはリアム兄上だった。

けれど、その顔に素直な喜びはない。

「おお、リアム。今日は祝勝会じゃ！　ロイがやりおったぞ!!」

「たしかにロイはすごいですが、そのような気分ではありません」

「なぜじゃ？　弟の大金星が嬉《うれ》しくないのか？」

「嬉しいですが、父上のせいで胃が痛いのです！　タウンゼット公爵とは事前に大事にはしないと約束しておりました！　生徒同士の喧嘩《けんか》だと！　それなのに父上が賭けを始めたせいで、大事です！」

「親同士の意地の張り合いじゃ。互いに大切な物を賭けただけのこと。言っておくが、向こうのほうが有利じゃったから乗ってきた。ワシが誘導したわけではないぞ？」

「だとしても、タウンゼット公爵は不快感を露《あらわ》にしておりました。外交に影響がないか、心配で心配で……」

そう言ってリアム兄さんはお腹《なか》をさする。

可哀《かわい》そうに。こんなに真面目《まじめ》で良い人なのに、父上の息子なせいで報われない。

「そんなもの心配しても仕方なかろう。向こうも大人じゃ。公と私は分けておる」

「だといいのですが……それと父上！」

「なんじゃ!?　まだ何かあるのか!?」

「大いにあります！　秘剣・灯火《ともしび》とはなんです!?　母上が技を遺《のこ》していたなんて、初めて知りました！」

「お前はあれじゃ……向いていない」

「やってみなければわかりません！　私も母上の息子です！」

「やらんでもわかる。あえてダメージを受ける必要がある技など、向いているわけなかろう。そう肩を怒らせるな。ロイはこの秘剣には向いておった。それだけのこと。あまり優秀ではない弟に、母の秘剣の一つや二つ、教えた程度で文句を言うな。お前にはワシ自ら軍略を授けたはず。秘剣などより、そちらのほうがよほど貴重だぞ？」

「軍略は今の大公国では役に立ちません……」

「それなら秘剣とて同じこと。だが、秘剣は戦いでしか役に立たんが、軍略は違う。生きるとはすなわち、戦いじゃ。城での生活でも役に立っておるはず」

「役には立っておりますが、私は父上のように人を騙《だま》すのが得意ではありません。上手《うま》く……活《い》かせぬのです」

「人を騙すだけがワシの軍略ではない。まだ理解が足りんだけじゃ。しっかりと理解を深めれば、正直者のお前でもきっと扱える。正直者には正直者の良さというものがある。ワシのように人を騙す者の言葉とは違い、正直者の言葉には真摯さが宿るのじゃ。まぁいい。祝勝会をする気分ではないというなら、ワシは帰ろう。レナとロイの面倒は任せた」

「はい……」

そう言って父上は杖《つえ》をついて帰ってしまう。

それを見送ったリアム兄さんはため息を吐《つ》いた。

「ときおり……父上が空恐ろしくなる」

「わかります。何をしても、何を言っても、計算の上なんだろうと感じます」

「お前も感じるか……」

「感じますね……」

兄弟でうんうんと頷《うなず》き合った後。

リアム兄上は俺の肩に手を置いた。

「あんな話のあとで申し訳ないが……俺はお前が勝ってくれて嬉しい」

「わかってますよ」

「兄としてだけでなく、大公国の者として嬉しいのだ。大公国の人材不足が叫ばれて久しい。足手まといと言う者もいる。そんな中、アルビオス王国の名門貴族をお前が破ったことには価値がある。痛かったろう、よく耐えた」

「まぁ、多少は。けど、兄上にはまた苦労をかけてしまいますね」

「そうだな。たしかに苦労はしそうだが……何度か頭を下げれば許してもらえるだろう」

不憫《ふびん》だなぁ。たぶん、そういう星の下に生まれたに違いない。

そもそも、こんなに真面目な人が父上の息子として生まれたのが不憫だ。

振り回されるのが生まれた時点で確定している。

「ロイ、俺はルヴェル男爵家のイメージを変える。そのためにどんなことでもするつもりだ。父上は多くの者から警戒されている。そのイメージは俺やお前、そしてレナにも付きまとう。ゆえに俺は変える。だからお前もそういう思いでいてほしい」

「微力ながらお力になります」

「ありがたい。では、真面目に授業を受けろ。評判が悪い」

「それとこれとは話が違います。残念です、力になれません」

「朝起きるのがそんなに辛《つら》いのか⁉　早く寝ればよいだけだろう⁉」

「人には向き不向きがあるんです！　そういうことしか言わないなら帰ってください‼」

そう言って俺はリアム兄上を部屋から追い出し、ベッドの上で横になる。

そしてあることを思い出す。

「あ……また父上に聞くの忘れてた……」

いつも父上に聞くのを忘れてしまう。

さっさと学院を辞める方法を。

「まぁ、父上が教えてくれるとは思えないけど……」

俺が学院に入学したのは父上の指示だ。

表向きは大公国では俺でも貴重な人材だから、というものだ。それは事実だ。

けれど、断ることもできた。

だが、父上は俺に学院へ行くように指示した。

最も大きな理由は、レナを傍《そば》で守るため。それには俺も同意した。ただ、別に学院に入らずともレナを守ることはできる。生徒としての生活に縛られることを考えたら、デメリットのほうがやや大きい。

それでも学院に通えと、父上は言ってきた。お前は学院で学ぶことがあるから、と。
いまだに俺はその学ぶべきことがわからない。何を学べというのか。
だから父上は俺が辞めたいと言っても、認めてはくれないだろう。
ただ、父上が言うのだ。きっと大事なことなんだろう。
皆目見当もつかないけれど。

15

決闘の次の日。
俺は白の剣聖クラウドとして、アルビオス王国の国境にいた。
帝国軍が十万の大軍で侵攻してきたからだ。
最近、大人しいと思っていたらこれだ。
知らせを受けて、すぐに急行したため、国境線はまだ破られてはいない。
けれど、国境の砦《とりで》に配備されている王国軍は一万。
十倍の兵力差は如何《いかん》ともしがたい。
さっさと撤退させないと、このまま帝国軍が王国内に侵攻してくることになるだろう。
「やはり司令部強襲か」
いつも通りの手段。それが自軍の被害を一番抑えられる。

殲滅《せんめつ》をすれば敵に打撃を与えられるが、その間に味方も死ぬ。

向こうは平気で十万の大軍を次々と送り込める大国だ。消耗戦になれば負ける。

戦闘時間は可能なかぎり短いほうがいい。

敵軍の中央。そこに俺は空から降下し、着地した。

砦への攻撃のため、控えていた帝国軍の兵士たちはポカンとした顔で俺を見つめる。

なにせここは帝国軍十万の中央。

全方位が帝国軍だ。敵が降り立つなんて思いもしなかっただろう。

そんな帝国兵を俺は両手に持った剣で叩き斬る。

周囲の帝国兵の首をあらかた刎《は》ねたあたりで、ようやく帝国軍全体が異変に気づいたようだ。

「剣聖だ……!!　白の剣聖が突っ込んできたぞ!!」

「正気か!?　十万の大軍に一人で突っ込んできやがった!!」

「狙いは後方の司令部だ！　油断するな！　奴《やつ》にとって百人程度は紙と変わらん!!」

現場指揮官たちはすぐに司令部の前に防衛線を敷く。

俺が司令部を狙うのはいつものことだからだ。

とはいえ、帝国軍とて馬鹿ではない。

毎回毎回、同じ手でやられている以上、対策はしてくる。

ただ、いつもその対策が突破されているだけの話だ。

「重装魔導鎧《まどうよろい》兵団！　前へ！　奴を止めろ!!」

今回はまた新しいオモチャを用意したらしい。

通常の騎士の鎧よりさらに分厚く、重厚な鎧。とても自立して立つことは不可能そうな鎧だが、問題なく自立歩行ができている。

さすがは〝魔導具の国〟。

面白い物を開発する。

剣の国、アルビオス王国。

魔法の国、ルテティア皇国。

この二か国に対して、ガリアール帝国は魔導具開発に長《た》けた国だ。

アルビオス王国やルテティア皇国は素質ある者を鍛えることで、一騎当千の猛者《もさ》を育てるが、帝国は違う。

前者の二か国が五の力を持つ者を十にまで鍛えるなら、帝国は一の力を持つ者を二や三にする。才能や素質に左右されず、誰もが満遍なく戦力となるように魔導具を利用しているのだ。

数こそ力の論理で、大陸を席捲《せっけん》した。

だからこそ強い。どの国も勝てない。限られた猛者に依存しないから、常に安定した力を発揮する。計算しやすいから、誤算が少ない。

ただ。

多少強化されたとしても、俺からすれば弱兵と変わらない。

「白の剣聖の不敗伝説!!　今日こそ、我ら重装魔導鎧兵団が終わらせる!!　ここを奴の墓場としてやれ!!　魔導槍《そう》構え!!　突撃ぃぃぃぃ!!!!」

横一列になって、真っすぐ敵は突っ込んでくる。

大型の槍を脇に抱え、密集している。

まるで津波だ。逃げるなら上だが、飛べば無数の飛び道具が放たれるだろう。

それはそれで面倒だ。

だから。

「奴の剣は鋼すら斬り裂く！　しかし恐れるな！　この魔導鎧は最新型！　奴とて魔剣化を使わねば……」

周りを鼓舞していた指揮官の言葉が止まる。

俺が魔力を込めて飛ばした斬撃で、上下真っ二つになったからだ。

「隊長ぉぉぉぉ!?!?!?!?」

斬撃は止《や》まない。

一列に突っ込んできた重装なんちゃら兵団の精鋭は、一人、また一人と真っ二つになって倒れていく。

やがて最後の一人が真っ二つになり、突撃してきた兵団は全滅した。

まさか、そういう方法で全滅させられるとは思ってなかったのか、敵指揮官は唖然《あぜん》としている。

これが切り札だとしたら、奴らの命運はもう決した。

「さて――行くか」

「う、撃てぇ!!　撃てぇ！　撃ちまくれ!!　奴とて人間だ！　弾幕で押し切れ!!」

俺は敵司令部めがけて突撃を開始した。

防衛線を突破されれば、司令部まではあと少しだ。

ゆえに彼らは魔導銃を構えた。

ほどほどの魔法を素人《しろうと》でも撃てる優れもの。

それが万単位で斉射された。

弾が視界を埋め尽くす。

空間に余すことなく敷き詰められた弾丸の雨。

それを俺は躱《かわ》す。

横に動き、飛び跳ね、加速し、剣を使わずすべて躱しきる。

「第二射用意！　撃てぇぇぇぇ!!」

魔導銃は便利だが、一射一射に時間がかかる。

だから最初に撃った奴らが下がり、後ろにいた奴らが前に出て撃ってきた。

さきほどと同じ数の弾丸の雨。

しかもさきほどより距離が近い。

けれど、結果は同じ。

俺はすべてを躱して、すり抜ける。

「第三射用意!!　う……」

指揮官の指示は最後まで続かない。

防衛線に切り込んだ俺によって、首を刎ねられたからだ。

そのまま、俺は嵐のように敵を斬り捨てながら防衛線を蹂躙《じゅうりん》していく。

もはや止める術《すべ》のない帝国軍は何もできず、夥《おびただ》しい死者を出し続ける。

そして。

「もう来たか……」

司令部の中央で一人の老将が剣を構えていた。

周りには誰もいない。

側近を逃がしたか。

「敵将とお見受けした」

「いかにも……帝国軍中将、エゴン・ハイアット。手合わせを願おうか、白の剣聖」

「時間がないので、一太刀《ひとたち》で済ませてもらう」

「逃げた側近を追おうとしているなら無駄だ。貴様が出てきた時点で有望な者は逃がしてある」

「……勝ち目がないと察していながらなぜ攻めてくる？」

「陛下の命だからだ。この命は陛下に捧《ささ》げたゆえ」

そう言ってエゴンは剣を構える。

なかなかできる。

帝国軍内でも古株の者には武闘派も多い。

この老将もその一人か。

「若い頃、当時の剣聖と剣を交えた。死にかけたが、逃げることはできた。貴様はどうかな？」

「試してみるといい」

「そうさせてもらおう!!」

そう言ってエゴンは俺に斬りかかってくる。

その一太刀を受け止め、返す刀でエゴンの腹部を貫く。

だが、エゴンはそのまま俺に抱きついてきた。

「貴様も……道連れだ……」

「魔導爆弾か。大したもんだが、気づかないほど愚かじゃない」

俺はエゴンから剣を引き抜く。

腹部を貫いたときに、エゴンが体に巻き付けていた〝魔導爆弾〟は破壊してある。

エゴンは無念そうに顔を歪《ゆが》めて、血を吐きながら倒れていく。

今、司令部にはこの将軍を助けようと、多くの兵が向かってきている。

魔導爆弾が発動すれば、彼らも巻き添えを食らっていただろう。

戦争だから仕方ないといえばそれまでだが。

それが正しいこととは思えない。

「あっあっあっ……」

司令部に一人の若い兵士が入ってきた。

俺を見て、腰を抜かしている。

けれど、なんとか魔導銃を構えて、俺に弾を放つ。

しかし、俺はそれを軽く体を反らして躱す。

「あ……た、助け……」

兵士は涙を流しながら命乞いをする。

そんな兵士の横を通り過ぎざまに、俺は告げる。

「指揮官が死んだ以上、終わりだ。無駄な殺生は好まない。逃げろ。命を無駄にするな」

「え……？」

「早く行け。今に撤退する兵士たちが波のように押し寄せるぞ？」

「あ、えっと……ありがとう……！　ありがとう!!」

そう言って兵士は逃げていく。

帝国兵が全員極悪非道ならどれほど楽か。けれど、大半の帝国兵は善良な民だ。

軍に入るしか生きる道がなくて、命令されたから仕方なく戦場に来ている。

元は帝国の民じゃない者もいる。

ままならないな、と思いながら俺はその場を後にしたのだった。

16

数日後。

帝国軍の侵攻の後始末をいろいろとやっていたら、あっという間に時間が過ぎた。

この間、ユキナは俺のところに来ていない。

本国に呼び戻されたからだ。

たぶんタウンゼット公爵家との婚約に関することだろう。

いくら強引に話が進んだとしても、クロフォード公爵家にも選択権はある。強い次世代を生むための婚約なのに、相手が落第貴族と言われる奴に負けるような人間では意味がない。

十中八九、婚約は破棄されるだろう。

そうなると、ユキナは俺に付きまとわなくなるだろう。

急いで強くなる必要がないからだ。

「お兄様、おはようございます」

「おはよう、レナ」

もう昼過ぎだが、起きた時間が朝だ。

おはようという挨拶を交わし、俺は立ち上がる。

そんな俺を見て、レナはムッとした表情を浮かべた。

「お兄様、最近、起こしに来た私を見てガッカリしていませんか？」

「何をいきなり……」

「ユキナさんじゃなくて残念と顔に書いてありますよ？」

「気のせいだ」

俺はそう断じる。

そんなわけがないからだ。

もちろん、惜しいという思いは心の底にあるけれど。

「そうですかぁ？　あんな美人に毎日起こされる日々が恋しいのでは？」

「俺は美人に起こされるより、寝ていることのほうを取りたい男だ」

そう言って俺はレナと共に部屋を出る。

レナは本当かなぁ？　と訝《いぶか》しんでいる。

本当だと答えつつ、校舎に向かって歩き出す。

剣魔十傑第六席に勝った男として、数日は騒がれたが、今はもう落ち着いている。

ろくに授業に出ない落第貴族という扱いに戻ったということだ。

決闘は模擬剣を使ったものであり、本来の実力とは言い難い。さらに俺が意表を衝《つ》く技を持っていただけであり、もう一度やればティムが勝つだろうと皆が予想していた。

しかし、勝ちは勝ち。多少、やるじゃないかと見直されてはいるだろう。

けれど、まだまだ落ちこぼれという認識は変わってない。

決闘で勝ったからといって、剣魔十傑に名を連ねていないのがいい証拠だ。

そもそも席を懸けた決闘ではないからだけど。

あくまで大金星。

そういう扱いだし、その扱いは変わらないだろう。

「それでは、お兄様。私はこちらなので」

「ああ、ありがとう」

途中まで一緒に歩いていたレナが中等部の校舎へ向かう。

そのままダラダラと歩いていると――。

「あっ……」

「あっ……」

廊下でバッタリとユキナと会った。

互いに顔を見合わせて固まる。

しばしの硬直のあと、ユキナが先に口を開いた。

「あの……久しぶりね……」

「あ、ああ……久しぶり……」

何気ない会話だが、どうもぎこちなくなる。

レナがユキナの話題なんか出すから、なんだか意識してしまっている。

俺らしくもない。

剣聖であり、大賢者である俺が同級生の女の子相手に緊張するなんて……。

そこまで考えて、心の中でため息を吐《つ》く。

そりゃあするよ。剣聖であり、大賢者になるために修行ばかりしてたから。

女の子の友達なんてほとんどいない。

ましてや相手は超絶美人なユキナだ。

剣聖でも、大賢者でも、女性への対処法は教わってない。

「今から……授業？」

「そのつもりだけど……」

「……」

ユキナはしばし黙り込む。

そして。

「その……もし良かったら……嫌じゃなかったら……」

「嫌じゃなかったら？」

「散歩に付き合ってくれないかしら……」

それは優等生のユキナらしからぬ、サボりの誘いだった。

それを断る言葉を俺は持ち合わせていなかった。

だから俺はただ頷《うなず》いた。

■■■

ユキナは散歩に誘ったわりには喋《しゃべ》らない。

元から饒舌《じょうぜつ》というわけではないけれど、今日は明らかに言葉数が少ない。

「……」

「……実家で何かあった？」

沈黙に堪えかねて、俺はそう訊《たず》ねた。

けど、訊ねて後悔する。

婚約の話はどうなったのか？　という興味が抑えきれてないと思ったからだ。

半端な質問だ。これならストレートに婚約どうなった？　と聞いたほうがマシだ。

そんな葛藤をしていると、ユキナがクスリと笑った。

「気になる？」

「いや、まぁ……気になるよ。正直に言えば」

「うん、そうよね」

ユキナはいきなり立ち止まる。

少し先を歩いていた俺は、振り返る。

すると、ユキナが満面の笑みを浮かべていた。

今まで見たことのないほど、感情に満ちた笑顔だった。

「婚約は……解消されたわ。これからどうなるかわからないけど……私は自由になった……全部、ロイ君のおかげよ。そんな意図はなかったのかもしれないけど……ロイ君が先輩に挑んでくれたから。ありがとう……ありがとう……」

最初は笑顔だったユキナだったが、途中から顔を俯《うつむ》けて泣き出してしまった。

まさか泣き出すとは思わず、俺はおおいに慌てる。

ありがとうと言われるとも思ってなかった。

そもそも次世代に託そうという考えは、今の剣聖には敵《かな》わないという考えが根底にあるからだ。つまり、ユキナの婚約は俺のせいだといえる。

それを解消するのに一役買ったからといって、感謝されるのは少し違う。

最低なマッチポンプだ。

「え？　え？　ええっ!?　ちょっ……待って、落ち着いて！」

「私……学院を卒業しても……剣聖を目指せる……お祖母様《ばあさま》の後を目指せる……」

「それは……よかった」

絞り出すように呟《つぶや》く。

何と言っていいかわからなかったからだ。どうにも泣いている女の子は苦手だ。

これなら帝国軍十万を相手にしている方がマシだ。

なんて思っていると。

「この前……剣聖が帝国軍を撃退したわ……たった一人で帝国軍十万を撃退したの。親戚の人たちが言っていたわ。当代の剣聖に勝つのは不可能だって……引退するまで剣聖の座は空かないって。たしかにそうかもしれない……けど、私は諦めきれない。当代の剣聖が最強なら……私は当代の剣聖を超えて、最強になりたい。我儘《わがまま》かもしれないけれど……祖国を守るのは私でありたい」

　そう言ってユキナは真っすぐ俺を見てきた。

　すでに瞳に涙はない。

　その目に宿るのは強い意志だ。

「ロイ君が私の道を切り開いてくれたから……私は諦めないと誓うわ。それで、その……応援してくれる？」

　ユキナは少し照れたように顔を伏せた。

　きっと多くの男はそんな風にユキナにされたら、ドキッとするんだろうけど。

　俺の心は別のところにあった。

　剣聖としての力を見せつけると、常に称賛ばかりだった。

　お前を超えてやるという剣士はほとんどおらず、心の中で拍子抜けしている部分があった。

　剣の国といわれるアルビオス王国はそんなものか、と。

　けれど、ユキナは諦めないと告げた。

　そうだ、それでいい。そういう剣士を俺は待っていた。それでこそだと思った。

だから。

「もちろん——応援するよ」

「そう言ってくれると思ってた、ありがとう」

フッとユキナは笑う。

柔らかい笑顔だ。

そんな笑顔に目を奪われていると。

「それじゃ……応援してくれる以上、しっかり力を貸してね？」

「え？」

「まずは灯火《ともしび》だったかしら？　あの仕組みを教えてくれる？」

「いや、それは……」

強さに貪欲なユキナは剣聖の後継者にはぴったりな存在だが、その貪欲さゆえに俺の正体に近づきかねない存在でもある。

「教えてくれないの？」

「秘剣だし……おいそれと教えられないさ。当たり前の話だと思うけど？」

「……ケチ」

俺の言葉に対して、ユキナは唇を尖《とが》らせながらそう言うと、すぐに笑顔に戻って歩き出した。

今日はずいぶんといろいろな表情を見せてくれる。

やれやれと小さく呟き、俺はユキナの跡を追いかけたのだった。

第二章　炎の少女

CHAPTER 02

1

五年前。

帝国軍の特殊部隊は、突然、ベルラント大公国内の子供たちを拉致し始めた。なぜ、彼らがそんなことをし始めたのかはわからない。

たまたま師匠と共に修行中で、俺が屋敷を空けていたため、レナも彼らに攫《さら》われてしまった。

拉致された子供たちは総勢、百名以上。特殊部隊は子供たちを船に乗せ、帝国に連れて帰るつもりだったが、思惑通りにはいかなかった。

突然、天高く光が昇り、特殊部隊は全滅した。その光は他国からでも確認できるほどの規模であり、王国や皇国も何事かと大公国に問い合わせてきたが、大公国としても詳細は摑《つか》み切れなかった。

その真相は、〝星霊《せいれい》の使徒《しと》〟としての力を発動させたレナによる大規模攻撃。

俺が駆けつけたとき、レナを含む子供たちは全員、気絶していた。そして周りには特殊部隊の影だけが残されていた。

精鋭で構成された特殊部隊が何もできず、影だけ残して消滅させられたのだ。

尋常ではない事態だと誰もが察した。だから、俺はレナだけをその場から連れ帰った。その後、レナは師匠の魔法で、攫われたときの記憶を消された。

こうして、攫われた子供たちの中にレナはいなかったことになったのだ。

けれど、帝国は本腰を入れて三国へ侵攻してきた。理由はわかっている。

もちろん大陸を制覇するため、というのもあるだろうが……。

天を貫く光の柱。それを行った者を探すためでもある。

帝国皇帝は探しているのだ。レナの秘められた超常の力を。

■■■

学院は大公国内では最も戦力が集まる場所であり、王城以上の防備を誇る。

そんな学院内にいる時は、レナの護衛を気にすることはあまりない。

ただ。

「東方より来《きた》る風！　魔を取り込み吹き荒れろ！　【嵐薙《らんなぎ》】」

高難度の風魔法。それが学院内の修練場で発動し、訓練用の人形を複数吹き飛ばした。

戦場ではご丁寧に詠唱を待ってくれる敵はいない。余裕があるときや、相手を拘束したとき以外、しっかりと詠唱することはなく、発動を優先とする〝短縮詠唱〟が基本だ。

それでも高難度の魔法を発動し、しっかりとした威力を出すことができるのはすごいことだ。ましてや。

「すげぇ……」

「本当に同じ中等部の生徒かよ……」

それを発動させたのは中等部のレナ。一般的な視点で見れば、十分、規格外だ。

「さすがレナ・ルヴェルだよなぁ。中等部次席は伊達《だて》じゃないって感じ」

「本当だよ。しかも性格は良いし、どの授業でも成績は上位。さらに……めちゃくちゃ可愛《かわい》い……いいよなぁ」

「恋人とか婚約者とかいるのかなぁ……今度、実家に縁談を申し込んでもらおうかな」

「やめとけ。どれだけ可愛くてもルヴェル男爵家の娘だぞ。あの灰色の狐《きつね》に関わったら、将来、どうなるかわかったもんじゃないぞ？」

「そうなんだよ。ルヴェル男爵家じゃなきゃなぁ……」

「いや、でもあれだけ才色兼備な子、滅多《めった》にいないぞ？　学院在籍している間に、どうにか仲良くなれないかなぁ」

最初は魔法のすごさに驚いていたのに、途中からレナとお近づきになれないか？　という話題に移っているあたり、思春期の少年たちらしい。

まぁ、実の兄としてのひいき目を抜きにしても、レナは優秀だし、可愛い。ただ、実家の評判の悪さが足を引っ張っている。それでも縁談を申し込む強者《つわもの》はいるにはいるが、すべて父上が断っている。

父上の目は厳しいのだ。レナの訓練を見て、驚いているような君たちじゃ手は届かないよ、と心で呟きつつ、俺は修練場の外から、周りの気配を探る。

数は五人。どいつもこいつも気配を完全に殺している。

警備が厳重な学院だが、それでも完璧じゃない。たまにネズミが入り込む。

「取引しに来た商人に紛れて、潜入したか」

学院の傍《そば》にはアンダーテイルが存在する。そのため、学院内には商人が出入りすることがある。

その商人たちに紛れて帝国の者が入ってくることがある。厄介なのは、彼らがしっかりと大公国の民として溶け込み、一見すると違和感がないことだ。

大公国内で結婚し、大公国のために暮らしている者もいる。それほどしっかりと溶け込んでいるのが、帝国のネズミどもだ。

とはいえ、帝国としてもそこまで溶け込んだ者は貴重なはず。なのに、五人も動員して学院内を探っている。今は、中等部の戦力分析といったところか。

五年前の大規模攻撃がレナだとバレたわけではないだろう。ただ、情報を持ち帰られるとレナに注目が集まるかもしれない。

だから、生かしてはおけない。

音もなく動き、背後から一人の首をへし折る。悲鳴も上げさせない。出血も最小限。

ここでは何も起こっていないということにしなくてはいけない。

一人、また一人と首の骨を折っていく。何もさせず、ただ命だけを奪っていく。

「ぐっ……」

最後の一人を殺したところで、俺は周囲の気配を再度、探る。

仲間はいない。こいつで最後だ。

帰ってこないことで、作戦失敗は悟られるだろうが、今に始まったことじゃない。これまでネズミはすべて駆除している。

帝国は、学院の警備が想像以上に厄介と思うだけだろう。

あとは、こいつらがここで死んだという事実を隠蔽するだけだ。

死体を一瞬で燃やし尽くし、彼らを模した式神たちを生成する。

関係ある商人たちは、彼らを探すだろう。彼らの正体を知っていようと、知っていなかろうと、だ。

だから、調べられると行方《ゆくえ》不明なのがバレてしまう。

そのため、俺は式神を操り、彼らが学院の外へ出たように偽装する。

これで調べられても、学院の外に出たことまでしかわからない。

アンダーテイルで人が行方不明になっても、学院で行方不明になったときほどの騒ぎにはならない。
こういう細かい作業が意外に大事なのだ。
ただ、なぜわざわざ貴重な駒を五人も投入してきたのかは気になる。
帝国はまた何かを企《たくら》んでいるのかもしれないな。

2

「魔剣──氷華閃《ひょうかせん》」
ユキナはゆっくりと歩きながら魔剣化を行う。
剣の刀身が真っ白に変化し、剣も細剣へと変化する。
見た目は華奢《きゃしゃ》な剣。
けれど、内に秘めた力は凄《すさ》まじい。
ユキナが魔剣化しただけで、周りの気温が下がり、吐く息が白く変わる。
そのままユキナは自らの魔剣を一振りする。
それだけで周囲にいた小型モンスターたちが凍り付いた。
「ごめんなさい、寒かったわよね？」
ユキナは苦笑しながら魔剣化を解く。
俺は両手で自分の体を抱きしめながら首を横に振る。

「寒くない……」

「そう？　じゃあもう一回発動してもいいかしら？」

「やめてくれ」

「ふふふ……気を遣わなくていいのに。まだまだ扱いきれなくて、味方側にも影響を与えちゃうの」

ユキナはクスリと笑いながら、俺のほうへ歩いてくる。

周囲を見渡せば、視界が届く範囲すべてが凍り付いている。

戦場で発動したら、相当効果的な魔剣だ。

氷剣姫《ひょうけんき》なんて二つ名が付くのもわかる。これだけの威力と攻撃範囲があるなら、繊細なコントロールを求めるのは贅沢《ぜいたく》という気がするが。

「これで扱いきれてない、ね……」

「私が目指すのは剣聖だもの。白の剣聖は本来一人一本のはずの魔剣を二本持つ剣聖よ。唯一無二の魔剣二刀流。しかも魔剣化をしなくても十万の大軍を撤退させられる。歴代最強と言われるのもわかるわ」

「よくそんな剣聖を超えようなんて思うよ」

「目指すなら上を目指さないと。そのためにも時間は有効に使わないと」

そう言ってユキナが剣を構えた。

まったく。

今日は課外実習だ。各自、小型のモンスターの討伐を命じられている。

やり方はそれぞれに任されている。

失敗しても何も言われないため、俺は最初からやる気がなかったのだが、ユキナが素早く実習を終わらせたら、手合わせしてほしいと言ってきた。

軽い気持ちでオーケーしたのだが、まさか魔剣化までして終わらせるとは。

どんだけ手合わせしたかったんだよ、と思わず心の中で呟《つぶや》く。

ただ、約束は約束だ。

「じゃあ、お手柔らかに」

「手加減しないでね?」

「手加減してくれ」

言いながら、俺が最初に仕掛ける。

単純な突き。

それに対して、ユキナは最小限の動きで突きの軌道を逸《そ》らす。

そして隙ができた俺にカウンターを食らわせる。

どうにかそれを受け止め、俺は素早く体勢を立て直す。

いままでのユキナなら、ここから怒涛《どとう》の攻勢が待っているからだ。

けれど、ユキナは数回攻撃しただけで攻勢をやめた。

不思議に思いつつ、こちらから攻撃すると、鋭いカウンターが待っていた。

明らかに狙っていたカウンター。
これまでのユキナにはなかった攻撃だ。
防ぐには防いだが、重い一撃だったせいで、後ろに数歩下がる。
追撃は、ない。
ユキナらしくない戦い方だ。
ユキナの攻撃力なら圧倒できるチャンスは何度もあった。
けれど、ユキナはそれをしない。
「手加減？」
「想像に任せるわ」
「そうかい」
脱力したまま、俺はユキナに近づく。
隙だらけだが、ユキナは迂闊《うかつ》に攻撃してこない。
そのまま懐に潜り込んで突きを放つ。
ユキナは完璧にそれを躱《かわ》す。ここが本来なら限界だ。ここで欲張れば死ぬ。
しかし、今は手合わせ。
俺はそこから先に踏み込んで攻撃した。
剣を横に振るって、躱したユキナを追撃する。
だが、俺の剣はユキナの鋭い一撃で宙を舞った。

そしてそっと剣先が首元に近づけられた。

「……まいった」

「まだまだね。本当なら攻撃させせないくらいにしたいのに」

自分へ駄目出しをして、ユキナは剣を鞘《さや》へしまう。

そして弾《はじ》き飛ばした俺の剣を拾う。

「どうだった？　ロイ君の目から見て」

「防御重視に変えたのか……」

「ええ。先輩とロイ君との決闘を分析してみたの。最後の一撃に繋《つな》がったのは防御力。そして私に一番足りないのも、それだと思ったの。思えば、先輩と同じく私も攻撃で解決することが多かったわ。それで通用する相手ならいいけれど、通じない相手もいるから」

そう言ってユキナは俺をジッと見てくる。

俺は肩を竦《すく》めつつ、剣を受け取った。

「買いかぶりだな」

「先輩の攻撃、簡単に受け止めてたわよね？　本気でやれば私の攻撃も簡単に防げるんじゃないかしら？　今も試すために攻撃したんでしょ？」

「あれは決闘だったから。普通なら攻撃を受け止めるのは無理だ。それと試したのは認めるけど、別に手を抜いたわけじゃない。不慣れな防御重視の戦い方をするなら、攻撃したほうがいいと思ったんだ」

そう言いながら、内心は冷や汗ダラダラだ。

ユキナはどうも俺への疑惑を強めたらしい。あの決闘以来、こういう発言が増えた。

何とか誤魔化《ごまか》してはいるが、どうもユキナの中では俺が隠している実力は自分を上回るというものから、自分を遥《はる》かに上回るというものにグレードアップしたらしい。

「いつになったらロイ君に本気を出させられるのかしら」

「いつでも本気だよ」

苦笑いを浮かべながら答える。

ただ、もしもその機会が訪れるなら、大きく近づいたと言えるだろう。

ユキナは自ら防御の重要性に気づいた。

こういうのは言うだけ無駄。本人が気づかなければ意味がない。

だから、実体験が重要なんだが、ユキナは決闘を分析することでそれに気づいた。

客観的に自分を見られる証拠だろう。

意欲も十分、素質も十分。

弱点と思っていた部分も克服し始めた。剣聖の後継者としてこれほどの逸材はいないのではないかと思うが、如何《いかん》せん勘が鋭すぎる。

俺が剣聖だとバレるまでは最悪、構わないが。

ユキナなら大賢者ということまで看破しそうで怖い。

身バレの危険を感じて、俺は体を震わせるのだった。

3

ルテティア皇国。

魔法の国と呼ばれるこの国は、魔導師の数がほかの国と比べて段違いに多い。

少し前までは魔導師になれない者は落ちこぼれ扱いすら受けていたそうだ。

今はそういう風潮も少なくなり、グラスレイン学院の魔剣科に入学して、剣士を目指す者も増えてきている。

ただし、それでも魔導師が優遇されることに変わりはない。

最高戦力が〝十二天魔導《じゅうにてんまどう》〟という魔導師集団なのが良い例だろう。

そのトップに立つ黒の大賢者は、自分に与えられた屋敷から滅多《めった》に出てこない。

帝国が攻めてきたときか、王から依頼が来たときか。

それ以外は自分の魔導研究に没頭している。

——ということになっている。

実際は、屋敷にいるのは式神だし、本体はグラスレイン学院で生徒をやっている。

我ながら馬鹿みたいな三重生活だ。

どうしてこんな手間を父上はやらせるんだろうか？

剣聖と大賢者に集中させてくれれば、もう少し楽なのに。

そんなことを思いつつ、俺は屋敷に配置していた式神の分身を解く。

記憶が流れてくるが、変わり者と噂《うわさ》の大賢者を訪ねてくる者は滅多にいない。

というか、アポもなしに大賢者に会おうとする者がそもそもいない。

ただ、今日はアポがある。

わざわざ帝国侵攻というわけでもないのに、ルテティア皇国に来たのはそのアポのせいだ。

無駄に広い屋敷を歩き、俺は応接室へと向かう。

玄関には向かわない。無駄だからだ。

「よう、邪魔しているぞ」

そこには金髪の男がいた。

年は二十代半ばか。

整った顔立ちに、服の上からでもわかる細身だが引き締まった体。

見るからに上等そうな服を平然と着こなす姿は、名門貴族か、もしくは大成功を収めた商人あたりを思わせる。

特徴的なのはその落ち着いた声と、端整な顔に浮かんだ不敵な笑み。

何やらよからぬことを考えてそう。

そんな風に思わせる雰囲気を体中から発している。

しかし、その男は屋敷にあるグラスを勝手に使い、置いてある酒を勝手に飲んでいる。

まるで自分の家かのような振る舞いだ。

その振る舞いすら様になっているのが癪《しゃく》ではあるが、こいつを相手に怒っても仕方ない。

「相変わらず礼儀のなってない男だな、お前は」

「そうか、悪かったな。お前が丹精込めて用意した式神にお邪魔しますと言えばよかったか？すまんな。人形遊びの趣味はないんだ。お前の気持ちをわかってやれなかった」

しっかりと俺のほうを見て、そんなことを言ってきた。

顔が本当に申し訳なさそうなのが、余計腹立たしい。

人を挑発することにかけて、こいつほど長《た》けている人間はそうはいないだろう。

「用がないなら帰れ」

「わざわざ今日、屋敷に出向くと伝えていたのに用がないわけがないだろ。俺はそこまで暇じゃない」

「それなら早く用件に入ってほしいものだな、十二天魔導の第七位、風魔のヴァレール」

男の名はヴァレール。

十二天魔導の一人で、俺が現れるまでは最速の魔導師と呼ばれていた男だ。

風系統の魔法を操り、どんな場所にでも素早く向かうことができる。

ただし、それはこいつの最大の特徴じゃない。

こいつの最大の特徴は情報収集能力。

三国を股にかけて、時には帝国にまで潜入して情報を集めている。

諜報《ちょうほう》こそがヴァレールの真骨頂であり、三国一の情報屋といっていい。

話術や変装もお手の物で、どの場所でもそれなりの身分を持っている。

唯一、三国で俺より忙しい男。

それがヴァレールだ。

「黒の大賢者様はせっかちだな。まぁいい――帝国がこれまでにない大規模な作戦を計画している」

ヴァレールは酒の入ったグラスを置くと、静かに告げた。

わざわざ俺に言うあたり、偽情報ではないだろう。

「時期は？」

「そろそろということしかわからん。わかっているのは、この作戦が失敗したら皇帝は親衛隊の投入を検討する。そのレベルの作戦ということだ。各戦線の精鋭たちが集められ始めているようだ」

「親衛隊を極力動かしたくない皇帝からすれば、どうにかこれを成功させたい。そういう作戦か」

「そういうことだ。ここ最近の侵攻はすべて情報収集が目的らしい。十万での侵攻が情報収集のためというのも馬鹿げているが……それだけ次の帝国は本気だぞ？」

「だとしても、私がやることは変わらない。撃退するだけだ」

「素晴らしい回答だ。さぞやルテティアの民は安心するだろうな。だが、帝国も馬鹿じゃない。どれだけ軍勢を動員しても、お前を突破できないことはわかっているはずだ。この作戦には裏がある」

ヴァレールはそう言うと、一枚の紙を取り出した。

おそらく帝国の機密書類。

暗号化されていて、意味のない手紙にしか見えないが。

「まだ解読中のものだが、上層部でこの手の書類が頻繁に交わされている。失敗ができない作戦ゆえ、慎重になっている可能性もあるが……俺の意見は違う」

「用意された大軍勢が陽動の可能性もあるということか？」

「ご名答。察しがよくて助かる。敵が来たときはそれを頭に入れて行動してほしい」

「陽動とわかっていても、大規模な軍勢には対処せざるをえないが？」

「迅速に対処して、ほかに備えてほしい。お前ならできるはずだ」

「無茶《むちゃ》を言う男だ」

「大賢者というのはそういうポジションだ。ただ、お前にばかり働かせては申し訳ないからな。詳細がわかり次第、また連絡する」

ヴァレールは酒の入ったグラスを一気に飲み干すと、そのまま立ち上がる。

かなり強めの酒を飲んだはずだが、酔った様子もない。

服を整え、では、と立ち去ろうとする。

しかし、ヴァレールは立ち止まった。

「言い忘れていた。弟子を取る件、考えてくれたか？」

「弟子を取る気はない」

「もったいないな。お前はいい先生になると思うんだが」

「私は自分のことで忙しいのでな」

「それはそうだな。式神を用意して、こそこそと何をやっているのやら。まぁ、俺には関係のないことだ。ルテティアを守ってくれるかぎり、俺はお前の味方だ。安心しろ。もしも弟子を取る気があるなら、言ってくれ。面白い人材を知っている」

言うだけ言って、ヴァレールは風と共に姿を消した。

すでに気配は付近にない。

抜群に有能な男なのは間違いないが、それゆえ俺の式神もあっさり見抜いてくる。本人は特に俺の正体を詮索する気はないようだが、あいつの言葉ほど信じられないものもない。

きっと裏で俺についての情報も集めているのだろう。

できれば関わりたくないが、有能すぎて関わらないという選択肢を取れない。

あれほど安心できない、安心しろという言葉もないだろうな。

「もしも弟子を取るとしても、奴《やつ》が紹介する面白い人材だけはごめんだな……」

呟《つぶや》きながら、俺は式神を作り、その場を後にしたのだった。

4

ルテティア皇国から帰ってきた俺は、迎えに来たユキナに今日はサボると伝えた。

理由は天気がいいから。風景画を描くにはぴったりな日だ。

こういう日は描きたい景色を見つけて、気ままに描くに限る。

最初はレナのために描き始めた風景画。今では俺の数少ない趣味の一つだ。

穏やかな風景を描いていると心は落ち着くし、亡き母が絵を褒めてくれたことも思い出す。

ただ、母の訃報を聞いたときもこんな晴れの日だった。だから、快晴の日は風景画が描けるというポジティブな気持ちと、母の死を思い出すネガティブな気持ちが入り交じる。

サボると伝えたとき、ユキナはあまりいい顔をしなかったが、無理して授業に出ろとは言わなかった。どうせ毎日午前はサボっているわけだし、今更といえば今更だ。

ついていくと言わないのは、俺に気を遣ったのだろう。

一人になりたいときもあると、ユキナはわかっているのだ。

助かる配慮だ。剣聖をやって、大賢者をやって、劣等生をやっていると、正直疲れる。

気が滅入《めい》るほどストレスが溜《た》まっているわけではないが、それでもこういうストレス発散は適度に必要だ。

というわけで、俺は自前のスケッチブックと筆、そして雨が降ってきたとき用にタオルを持ち、部屋を出た。

■■■

学院の外。森の中を俺は歩き、中央にある泉にたどり着いた。
この森は小型のモンスターが出現する場所でもないし、滅多に人も来ない。
落ち着いて描くにはぴったりな場所だ。
「さて、描くか」
俺は木に背中を預け、泉を中心とした風景を描き始める。
お世辞にも上手《うま》いとはいえないが、筆の進みは悪くない。
子供の頃からレナに見せるために描いていたのに、なぜだか上達しない。
剣術や魔法なんて簡単に上達したのに、なぜなのか……。
やはり師匠がいないのがいけないのか？
剣術の師匠は先代剣聖だし、魔法の師匠は先代大賢者だ。
良い師匠に出会うのも上達の早道か。
今度、絵が上手い人に習いに行くのもありだな。
そうこうしているうちに、風景画が出来上がった。
「ふむ……悪くない」

どう見ても下手《へた》で、子供の落書きのような絵だが、俺としては悪くない。

描こうとしたモノは描けている。

そんな風に思っていると。

「わっ!!」

後ろから抜き足差し足で近づいていた人物が、俺の耳元で少し大きな声を出した。

しかし、気づいていた俺はうるさそうに振り返る。

まず、目を惹《ひ》いたのは綺麗《きれい》な緋色《ひいろ》の髪だ。

長いその髪をツインテールにしており、古びたリボンを結んでいる。

その次に目を惹くのは、大きな赤みがかった茶色の目。驚きもしない俺を見て、丸くしている。

そして最後に、小柄な体を包む黒い制服。魔導科の生徒だ。

年は俺と同じだろう。制服についているバッジが高等部のものだ。中等部のものとは細部が少し異なる。

幼げな顔立ちだし、やっている行動も子供っぽい。

年上ではないだろう。

全体を総括すれば可愛《かわい》いらしい少女だ。ベクトルは違うが、ユキナと張り合えるだろう。むしろ、この子のほうがいいという奴もいるかもしれない。

そんな少女は、不思議そうに呟いた。

「おかしいなぁ。うわぁぁぁあぁって驚くはずなのに」

「期待に沿えず悪かったな。だいぶ前から気づいてた」

「あたしに気づくなんて⁉　只者《ただもの》じゃないわね⁉」

「俺が描き終わるまでいたからな。さすがに気づく」

少女は俺を発見してもすぐに声をかけたりしなかった。

俺が絵を描いていることに気づき、それが完成するまで潜んでいたのだ。

邪魔をしないように。

「むむっ、さっさと脅かすべきだったか……」

「そしたら怒ってた」

「そうだよねー、うーん、優しさが裏目に出ちゃったかぁ」

少女は軽く舌を出すと、無邪気に笑う。

そしてグイッと俺に顔を近づけて、俺の風景画を覗《のぞ》き込んだ。

「……味があるねっ！」

「やめろ、フォローしようとするな。下手なのはわかってる」

俺はため息を吐《つ》く。

それに対して、少女は両手を俺に出してくる。

「手を加えてもいい？」

「いいけど……」

「やった！　待っててね。こーして、あーして……」

　少女はてきぱきと俺の絵に手を加えていく。

　そして、あっという間に子供の落書きだった俺の絵を、それなりに見られる風景画に変えてしまった。

　あまりの変貌ぶりに俺はポカーンと口を開けてしまう。

「筋は悪くないけど、基礎的な部分が足りてないかも。引き出しが少ない中で、頭で描いた絵を描こうとするから、ちぐはぐになっちゃうんだね！」

「……なるほど」

「あたしも絵で食べている人ほど上手くはないけど、子供の頃にいろいろやってたから、こういうの得意なんだー」

　少女はニッコリと笑う。

　天真爛漫《てんしんらんまん》。そんな言葉がぴったりな少女だ。

　ここまで笑顔が似合う子もそうはいないだろう。

　少女はそのまま俺から離れて、泉のほうへ歩いていく。

　そして。

「下がって、下がってー。危ないよー」

「うん？」

「もう描き終わってるし、ここ、あたしが使ってもいいよね？」

「使う……？」

「そう！　ここはあたしの秘密の特訓場なの！」

少女は泉に向かって右手を向ける。

嫌な予感がして、俺は背中を預けていた木の後ろに避難する。

少女の指にとんでもない魔力が宿っていたからだ。

「よーしっ！　【火球】!!」

初歩的な炎の魔法。本来なら小さな火の玉を生み出すだけの魔法。

家事の際に唱えられるレベルの魔法。

それなのに、少女の指からは巨大な火の玉が生まれ、泉の中央まで進んでいき、そこで爆《は》ぜた。

あまりの威力に泉の水が空へ舞い、雨のように降ってくる。

「冷たいっ!?!?　また失敗……びしょ濡《ぬ》れで帰らないとだぁ」

少女はもろに水を被《かぶ》ったせいか、ずぶ濡れだ。

いろいろと疑問だ。

なぜこうなるとわかっているのに、タオルすら用意していないのか。

あんな威力で撃てば、水が雨のように降ってくるなんてわかりそうなものだが。

「ねーねー、タオル持ってない？」

「持ってるからそっち向いてろ!!」

少女は気にせず俺のほうを向いてくるが、ずぶ濡れなせいで服が透けている。

無頓着なんだろうな、と思いつつ、俺は少女に向かって持ってきたタオルを投げる。

「ありがとう！　優しいね、君。さすがは妹さんのために第六席に決闘を挑んだだけのことはあるよ！」

「俺のこと知ってるのか？」

「もちろん。有名人だもん。落第貴族とか言われてるのに、剣魔十傑《けんまじっけつ》の第六席に勝ってしまった問題児。ロイ・ルヴェル君でしょ？」

少女はタオルで濡れた髪や服を拭き終わると、俺のほうにタオルを投げ返す。

そして快活な笑みを浮かべながら告げた。

「けど、有名人ってことならあたしも負けてないよ？　ルテティア皇国きっての名門！　だいぶ前に没落したけど、知る人ぞ知る炎の大家！　ソニエール伯爵家の第二十三代当主！　アネット・ソニエールとはあたしのことだよ‼」

少女、アネットはそう言って胸を張る。

ただ、俺の知っているアネット・ソニエールの特徴とは違った。

そんな名家の血筋とは知らなかった。

しかし、名前は知っている。

アネット・ソニエール。あまりにも威力の高すぎる炎魔法を扱う問題児。実習のたびに火事騒ぎを起こすため、学院内での実習を禁止されてしまった少女。

魔法は実践が大切だ。それなのに実践が禁止されていては、学院に何を学びに来ているのかわからない。

学院の教師陣すら持て余す炎魔法の天才にして、問題児。

それが俺の知っているアネット・ソニエールだ。

5

「やぁやぁ、また会ったね!!」

次の日。

俺はアンダーテイルへ買い出しに来ていた。

レナからサボるなら食材の買い出しをしてきてと、お願いされたからだ。

学生の食事の選択肢は二つ。

一つ目は学食で食べる。寮生の大半はこれだ。

二つ目は自分で作る。

この場合は自分たちで食材を用意する必要がある。

俺とレナは基本的に夕食に関しては後者だ。

レナが料理をするのが好きというのもあるが、そういう機会でもなければ俺が食事を抜くからだ。

眠いときはご飯よりも寝ることを優先してしまう。

それを避けるために、レナが提案したことだ。

学食より美味《おい》しいし、俺に異論はなかった。

ただ、アンダーテイルの物価は高いのだ。

貴族の子弟が大半を占めるグラスレイン学院。そこをターゲットにして成長した町のため、どうしても安さより品質をどの店も追い求める。

おかげで、俺たちは節約を余儀なくされる。仕送りがあるとはいえ、無駄遣いができるほどじゃない。

タウンゼット公爵からの馬車十五台分の金塊もまだ届いてないし、そうじゃなくても父上は子供に大金を持たせることを嫌う。

工夫しなくなるからだ。

金がないからこそ、知恵を出す。金があればそれで大抵のことは解決してしまう。

頭のネジが外れている人だが、そういうところはしっかりしている。

というわけで、俺は安くなっていた野菜類を買った。

どこから入手しているのか知らないが、レナはあちこちの店の情報を持っている。安売り情報はいつも的確だ。

我が妹ながらしっかりしている。

そんな買い出しの帰り。

俺はコロッケを売っている屋台の前で足を止めていた。

別に欲しかったわけじゃない。

見知った顔がエプロン姿で、屋台でコロッケを売っていたからだ。

その見知った顔はニコニコと笑いながら、俺に手を振っていた。

「……何をしている？」

「何って……コロッケ売ってるけど……見てわからない？」

見知った顔、アネットは不思議そうに首を傾《かし》げた。

そこに疑問を抱いたわけじゃないいんだが……。

まぁいい、関わらないでおこう。

俺は一つ頷《うなず》くと、その場を後にする。

だが、背中に声が届く。

「あああぁぁぁあっっ!!　こんなに美味しいコロッケが二個!!　売れ残っている!!」

「……」

「どうしよう？　売れ残ったら怒られちゃうかも……」

振り返ると、アネットが茶目《ちゃめ》っ気《け》のある笑みを浮かべていた。

無視して帰ることもできたが、このまま帰ったら気になってしまう。

しょうがないので、戻って俺は告げた。

「コロッケ……二つ」

「毎度あり！」

お金を出すと、慣れた手つきでアネットがコロッケを差し出してくる。

そして俺が受け取ると。

「おじさーん!!　売り切れたよー!!」

「おー！　いつもありがとね！　そのまま帰っていいよー!!」

「はーい！」

店主に声をかけたアネットは、帰宅の許可を貰《もら》い、そのままエプロンを外して俺のところまでやってくる。

そして。

「ありがとね！　ロイ君！　おかげで完売だよ！」

「……」

人好きのする笑みを浮かべて、アネットはえへへと笑う。

人たらしというのは、こういう子のことを言うんだろうなと思いつつ、俺は二個あるコロッケのうち、一つを差し出す。

「……なに？」

「元々そのつもりだったんじゃないのか？」

「どういうこと？」

「いや、二個買わせて、一個は自分が貰うつもりなんじゃゃ……」

「そんなことしないよ！　二個ともロイ君が食べて！　男の子なら二個くらい余裕でしょ？」

「見てわからないのか？　俺はこの後、夕食を食べるんだ」

元々、量を食べるほうじゃない。

こんな時間にコロッケを二個も食べたら、夕食に支障をきたす。

レナに怒られるのは勘弁だ。

「でもぉ……」

「でも？」

「タダは良くないよ、タダは。知ってる⁉　タダより怖いものはないんだよ⁉」

大げさにアネットはタダの怖さをアピールしてくる。

どうやらタダは駄目らしい。

頑《かたく》なに受け取らないアネットに対して、俺はため息を吐《つ》く。

「昨日、絵を手直ししてくれただろ？　そのお礼だ」

「えっ？　あれは勝手にやっただけだし……」

「タダは駄目なんじゃないのか？」

「あうぅ……」

痛いところを突かれたアネットは、変な声を出しながら視線を逸《そ》らす。

そんな中、ぐぅ～とアネットのお腹《なか》が鳴った。

さすがのアネットも恥ずかしかったのか、顔を赤くしてお腹を押さえる。

「ううう……こ、これは違うの!!　今日はね！　一日中、何も食べてなくて！　食いしん坊なわけじゃないんだよ!!」

「で？　食べるのか？　食べないのか？」

「食べるっ!!!!」

観念したのか、アネットが両手を差し出してきた。

そして、アネットはモグモグとコロッケを食べ始めた。

お腹が空《す》いていたからか、すぐに食べ終わってしまう。

「ご馳走様《ちそうさま》でした！　やっぱりここのコロッケは絶品だなぁ。どう!?　どう!?　美味しいよね!?」

「ああ、美味しい」

ぐいぐいアピールしてくるアネットに対して、俺は正直に答えた。

たしかに美味しい。

これなら二個、三個食べられるかもしれない。

そんなコロッケを食べながら、俺は歩き始めた。

その横をアネットも歩く。帰り道が一緒なのだから仕方ない。

間を持てない俺は訊《たず》ねた。

「どうしてコロッケ売ってたんだ？」

「お金が欲しいから!!」

隠す素振りもなくアネットは告げる。

ただ、俺が聞きたいのはそういうことじゃない。

ジッと見つめると、アネットは苦笑した。

「仕方ないなぁ……コロッケ買ってくれたから教えてあげるよ」

短い付き合いだが、アネットは馬鹿じゃない。

頭の回転はむしろ早いほうだろう。空気が読めないお気楽娘というわけではなく、あえて空気を読まずにお気楽娘をやっているというのが正しい。

すぐに俺の意図に気づいたのだから。

「あたしの家、すごい貧乏なんだよね」

「没落したって言ってたな」

「そうそう。あたしの両親は魔法の才能がほとんどなくてね。皇国だとそういう人は生きづらいんだよ。その両親も無理が祟《たた》って、数年前に亡くなっちゃったから、今はあたしがお金を稼ぐしかないんだよね。家が没落してなきゃ大丈夫だったんだけど……十二年前にお祖父様《じいさま》が亡くなってから急激に没落しちゃったからさ。遺産ももうないし。だから、妹や弟を養うお金が必要なんだよ」

十二年前という単語に思わず、俺は反応しそうになる。しかし、ここで話を遮るのもなんだ。

「なるほど。学院には国の援助で来たのか？」

「そうだよ。うちには弟が三人、妹が二人いるからさ。一番年上のあたしがお金を稼がなくちゃなの」

「……魔法の才能があってよかったな」

何と言えばいいかわからず、とりあえずそれだけ絞り出した。

アネットは問題児だが、天才でもある。

おそらくルテティア皇国は家族の面倒を見る代わりに、アネットに学院へ通うように持ち掛けたんだろう。

学院の費用もすべて国持ち。

九死に一生を得たといったところか。

「本当にね。正直、体でも売ろうかな？　って思ってたんだ。それぐらいしか生きる術《すべ》が思いつかなかったし。そこでね？　見るからに怪しいおじさんが現れたんだよね。男前だったけど、よからぬことを考えてますって顔の人。その人があたしの才能を見抜いて、すべて手配してくれたんだ！　家族は養ってくれるし、あたしの学院でのお金も全部、国が出してくれるって」

「……」

よからぬことを考えてますって顔の人……。

思い当たる奴《やつ》が一人いる。

そんな稀有《けう》な特徴に合致する奴が。

ちょっと待て。

もしかしてヴァレールが言っていた面白い人材って……アネットのことか？

だとしたら、どうかしている。

たしかにアネットは天才だ。

けれど、大賢者の弟子に勧めるのはどうかしている。

「あれ？　気分を害しちゃった？」

「いや、少し疑問で。なぜそれでお金が必要なんだ？　家族は国が養ってくれてるんだろう？」

「簡単だよ。支援を受けられるのは学院在学中だけだから。それに生活は保障されているけど、贅沢《ぜいたく》ができるわけじゃないしね。お金は貯《た》めておかないと」

「ルテティア皇国なら魔導師になれば、家族を養うくらいできるだろ？」

「それはそうだけど……学院で魔法の練習もできないんだよ？　魔導師にはなれないよ、あたしは」

そう言ってアネットは笑う。

少し悲し気な笑顔だ。

学院だって悪気があるわけじゃない。

アネットの優れた才能を持て余した結果、学院内での魔法の使用を禁じた。

仕方のない処置ではあった。

魔法を使用すること前提で、学院は作られている。当然、各種防御魔法も完備だ。それをアネットはあっさり破壊してしまう。

とりあえず禁止にするしかなかったのだ。

けれど、それはアネットにとって自分の道を閉ざされたに等しい。

そこで落ち込むんじゃなくて、なるべくお金を稼ごうというのはアネットらしい逞《たくま》しい考えだが……。

「けど、こっそり稽古しているあたり、魔導師になることは諦めてないんだろ？」

「そりゃあね。ソニエール伯爵家は炎の大家。亡くなったお祖父様は……いつも誇らしげだった。自分に才能があるなら、家の再興を成し遂げたい。それができたら家族も養えるしね。それに……」

「それに？」

「目指せるなら大賢者を目指したいよ。一度だけ、今代の大賢者の魔法を見たことがあるんだ。すごかった。魔導師ならみんな憧れるんじゃないかな？　あんな風になれたらいいなって思ったんだ。みんな、目を輝かせて見てたから。いつかね？　あたしの炎を見てね？　憧れる子供がいたら……それはすごく素敵なんじゃないかなって思うんだ」

そう言うとアネットはフッと微笑《ほほえ》む。

快活な笑みではない。

どこか達観したような、落ち着いた笑み。

それを見せながらアネットは呟《つぶや》く。

「ありがとう。君は聞き上手《じょうず》だね」

そう言ってアネットは俺とは違う道へ向かっていったのだった。

6

昔の夢を見た。

アネットが家族のことを話したからだろうか。

八年前。俺がまだ子供の頃、ルヴェル男爵家に二人の客人が来た。

男と女。

どちらも只者《ただもの》じゃないのは子供でもわかった。

レナと共に部屋にいなさいと言われて、話は父上がしていた。

気になって、こっそり部屋を出て聞き耳を立てに行った。

そこで聞いたことがないほど、怒気のこもった声で父上が言葉を発した。

「……ワシの息子と娘を次期剣聖と次期大賢者として育てるだと……？　自分で望むならまだしも、大人の都合で決めてよいことではない!!」

当時の俺は剣聖とか大賢者は異国の強い人という印象しかなかった。

だから、それになるということがどれほどのことか。

理解していなかった。

けれど。

「お気持ちはわかるが、いつまでも無関係というわけにはいかない。王国か皇国、どちらかが落ちれば、次は大公国が落とされる。そう理解しているからこそ、貴公は過激派を排除し、三国を同盟させる流れを作ったのであろう？」

「帝国の脅威など百も承知！　だからこそ、同盟成立にすべてを懸けた！　その三国同盟のためにワシは自らの信用とシドニーを……妻の命を失ったのだぞ!!　にもかかわらず、子供たちまでワシから奪う気か!?　ワシはやるべきことをやった！　もはや三国の危機など知ったことか！　そんなことより子供の未来じゃ!!　下手《へた》をすれば一生、王国と皇国の奴隷となる！　危機がどうした！　子供の未来は子供自身が決めることじゃ！　帰れ！」

「我々も承知しているが、事は三国の未来に関わる。どうかご子息とご令嬢を我々の弟子に！　二人には才能がある！」

「断る！　帰れ！」

「……帰るわけにはいかない。いざとなれば力ずくも視野に入れさせていただく」

喋《しゃべ》っているのは女性だけ。

男性はずっと黙っている。

女性の物言いに父上はより怒った。

そして。

「盗み聞きは感心しない。出てきなさい」

男性がそう言って俺のほうを見てきた。

バレていたことに驚きつつ、俺は姿を現した。

父上が目を見開き、すぐに俺のほうへ寄ってくる。

「ロイ、部屋に戻っておれ」

「父上……」

「大丈夫じゃ、父に任せておれ」

「ルヴェル男爵……お言葉だが、あなただけでは二人を守り切ることは不可能。二人は特殊すぎる。いずれ帝国の魔の手が二人に襲い掛かる。その時になってからでは遅いとおわかりのはず」

「貴様らの物言いは気に食わん！　ワシの息子も娘も道具ではないのだ！　理路整然と語れば受け渡すとでも⁉　子供が子供らしくいられるように守るのが大人の務めのはず！　ワシは決して渡しはせん‼」

ここまで感情的な父上を見るのは、初めてだった。

だから俺はそっと父上の手を握った。

事態の重さは理解していなかった。

わかっているのは、俺とレナに修行をつけたいという人たちと、つけさせたくない父上がいるということ。

そして将来的に俺とレナが危ないということ。

俺は勇気を出すことにした。

ここで勇気を出さなければ後悔しそうだから。

後悔しそうと思うなら、それはやるべきなのだ。後悔しないように。

「ロイ……？」

「父上……レナが危ないんですか？」

「そんなことはない。部屋に戻りなさい」

「……危ないなら俺は守りたい。だから、もしも修行をつけるなら俺だけにしてください。俺はレナのためなら修行を受けられます」

「ロイ！　お前は自分が言っていることの意味がわかっておらん！」

「大丈夫です！　俺がレナの分まで強くなりますから！　ですからお二人が俺に修行をつけてください！」

そう言って俺はその場にいた三人の大人を困惑させた。

そこにいた二人は先代の剣聖と先代の大賢者。

二人に修行をつけてほしいということは、剣も魔法も極めるということだ。

さすがに無理だろうと思いつつ、修行は開始された。

父上は修行を受けると俺が聞かないため、俺への修行だけはしぶしぶ許可したのだ。

ただ、三人の大人は俺を過小評価していた。

というより、異質すぎる〝星霊の使徒〟という存在を計り切れていなかった。

お試しで始まった修行はすぐに本格化した。

先代たちが剣も魔法も極められると踏んだのだ。

そして剣聖であり、大賢者という存在が誕生することになった。

■■■

「お兄様、お兄様！　起きてください！」

「ううん……朝か……」

「昼です！　今日はどうなさいますか？」

「眠い……」

「まったく……お兄様は……」

ぶつぶつ言いながら、レナは俺が心地よく寝られるように布団を整える。

なんだかんだ兄に甘い妹だ。

「なにか飲まれますか？」

「水置いておいて……」

「もう用意してあります。ここに置いておきますね。では、失礼します」

至れり尽くせり。

こんなに兄を甲斐甲斐《かいがい》しく世話してくれる妹はあまりいないだろう。

レナが部屋から出ていくの感じながら、俺はため息を吐《つ》く。

懐かしい夢を見てしまった。

すべてが始まった日の夢。

病弱な妹を守りたいという一心で始まった修行の結果、俺は剣聖になり、大賢者となった。

レナは何も知らない。知らなくていい。きっと重荷に感じてしまうから。

いずれ話すときが来るにしても、もっと先。レナが受け止める準備ができるまで待つべきだ。

俺がしたくてしたことだ。後悔もない。

しっかりとした知識を得れば得るほど、俺とレナは自衛の手段を持つべきだ。

それくらい異質なのだ。

どちらかが強くなるべきだったなら、やはり俺だ。俺は兄だから。

そして、そう心に決めているからこそ。アネットのことが少し気になる。

根本が一緒なのだ。

「やれやれ……」

これは恐ろしく感情的なことだ。

同じような理由で頑張っている人を、やっぱり応援したくなる。

なにより。

調べてわかったことだが、十二年前。アネットの祖父は父上の謀略が要因で発生した戦闘で命を落としている。

没落の原因はルヴェル男爵家にあるのだ。

十二年前、三国は迫りくる帝国に対して、同盟という形で対抗しようとしていた。しかし、王国と皇国は長年争ってきた間柄だ。不満分子は過激派となり、自分たちが相手より優位でなければ、同盟などできないと言い張っていた。

しかし、帝国に対抗するためには争っている暇はない。

その状況を危ぶんだ父上は、両国の穏健派と手を組み、過激派の排除に乗り出した。

自分の領地を餌として、両国の過激派を釣り出したわけだ。そして過激派の重要人物たちを戦場のどさくさに紛れて、暗殺したのだ。

その暗殺部隊を率いたのが俺の母であり、当時、大公国一の剣士と言われていたシドニー・ルヴェルだった。

母上はそのとき、無理をして負った傷が原因で亡くなったわけだ。

この騒動を機に、王国と皇国では穏健派が力を持ち、この一連の騒動は過激派の暴走ということで片付けられることになる。重要人物たちをことごとく失った過激派に、それを覆す力はなかった。

その騒動の中で、アネットの祖父は命を落とした。何を思って、出陣したかはわからない。

けれど、彼女の窮状は我が家の責任でもある。

しばし考えてから、俺はベッドから出た。

昔から変わらない。

後悔しそうと思うなら、それはやるべきなのだ。後悔しないように。

7

初めてアネットと出会った森。

俺は足音を殺して、そこにいた。

泉の前にはアネット。

俺は木に寄りかかりながら、様子をうかがう。

魔法はこの前と同じ初歩的な魔法。

普通は威力を上げる練習をするが、アネットの練習は逆。

学院内で魔法を放てるように、威力を抑える練習だ。

けれど、目いっぱい頑張った結果。

泉の上で大きな火球が爆発して、アネットはまた泉の水を被《かぶ》った。

俺はそれを見て、木から離れた。

最初とは逆。

俺がアネットに近づいていた。

「気が散らないように気を遣ってくれたんだ……」

「気づいてたか」

「これでも周囲の気配には敏感なんだ……」

こちらを見ないため、アネットがどんな表情を浮かべているかはわからない。

けれど、元気とは程遠いだろう。

俺はアネットの頭に持ってきたタオルを被せる。

「風邪、引くぞ？」

「馬鹿みたいって思うでしょ……？　最初は濡れるのが嫌で対策してたんだ……けどね？　それって失敗前提でしょ？　それじゃ駄目だって思って……何もしなくなったんだ。濡れるのが嫌ならコントロールしなくちゃって自分にプレッシャーをかけてたんだけどさ……」

アネットはタオルを抱きしめるように握る。

そして。

「もう濡れるのにも慣れちゃったよ……」

泣いているんだろう。

声がいつもと違う。

毎回毎回、自分の成長のなさを水と共に実感させられるのはしんどいだろう。

普通に学院で実感させられてもしんどいのに、アネットはわざわざこんなところにやってきて、それを実感している。

もう心が限界なんだろう。

それでも。

「成長は足掻《あが》かないとできないぞ」

「……ロイ君って……もしかしてひどい人……？」

「かもな」

俺はアネットへ左手を差し出した。

だが、アネットは手を握りはしない。

それに対して、俺はため息を吐く。

「アネットさん、案内したい場所があるんだけど？」

「……気分じゃない」

「いじけてるとチャンスを逃すぞ？」

「……」

「はぁ……アネット!!」

一昨日《おととい》知り合ったばかりの子を呼び捨てにするのは気が引けるが、他人行儀ではきっとアネットは動かない。

強く名前を呼ばれて、アネットは肩をびくつかせた。

「お、大きな声出さないでよぉ……泣いちゃうよ？　いいの？」

「もう泣いてるだろ？　いいから来い」

おずおずと手を出すアネットの手を掴《つか》み、俺は引っ張って歩き出す。

アネットは顔を伏せたまま、俺に引っ張られる。

いつもの元気は鳴りを潜めている。

いくら陽気なアネットでも落ち込むことはあるということだ。
それはしょうがないだろう。
弟や妹の将来。
国からの期待。
将来への不安。
それらをすべて解決する方法が、学院で魔導師として大成すること。
ようやく見えた解決の道なのに、それが自分の未熟さで途絶えそうなのだ。
もちろん、学院だってアネットの才能を腐らせる気はないだろう。
今は座学を頑張ってもらって、アネットが問題なく魔法を放てる環境を作る。
けれど、その環境が在学中に整う保証はない。
アネットにとってちょっと待ってというのは、死刑宣告に近いのだ。
説明くらいはされただろうが、きっとアネットには届かなかったのだろう。
そんな中、俺は森の開けた場所にたどり着いた。
「ここは……？」
「試しに魔法を撃ってみろ。あの木に」
俺は一際大きな木を指さした。
それに対してアネットは首を横に振る。
「だ、駄目だよ……燃えちゃうんだよ!?　火事になっちゃう！」

「平気だからやってみろ」

「でも……」

踏ん切りのつかないアネットに対して、俺は腕を組んだまま何も言わない。

本人がやるかどうかだ。

しばらく考えたあと、アネットは告げた。

「し、信じるからね!? 燃えたら……一緒に消火してくれる!?」

「大丈夫だから。何か起きたら全部なんとかしてやる。何も起きないけど」

「本当!? 嘘《うそ》だったら許さないからね!!」

そう言ってアネットはもうどうにでもなれとばかりに、右手を木に向けた。

そして。

「知らないよ！ 【火球】!!」

泉のときのように魔法を放った。

なるべくコントロールしようとしているようだが、そもそもコントロールは反復練習で身に付けるものだ。

一日に一回、多くて二回程度、魔法を放つだけのアネットがコントロールできるわけがない。

大きな火球が木へと向かっていく。

そして直撃した。

「あわわわっっ!?!?」

「大丈夫だって。よく見ろ」

俺は木を指さす。

煙が晴れた後、木は何事もなく立っていた。

周りに燃え移ってもいない。

「えっ⁉　えっ⁉　ええええええ⁉⁉」

「ここは魔力が流れる〝星脈《せいみゃく》〟の密集地点だ。魔力の恩恵を受けた木々の生命力は尋常じゃない。燃やしたくても燃えないし、たとえ燃えても一瞬でかき消えてしまう。古来、こういう場所で英雄は稽古をしていたらしいぞ。アネットにとっても良い稽古場だろ」

「……〝星脈〟の密集地点なんて……初めて聞いたよ……どうやって見つけたの……？」

「良さそうな風景を探してたら、たまたまな。あまりにも異質な場所だから獣が避けてた。それで気になって調べたんだ」

特徴は嘘じゃない。

けれど、見つけた理由は違う。

〝星霊の使徒〟である俺にとって星脈を見つけるなんて訳がない。もちろん密集地点も楽勝だ。見えているのだから、密集しているところを探せばいい。

「ここなら周囲の被害を気にせず何度も魔法を撃てる。センスでどうにもならないなら、練習量だ。頑張れ」

俺はそう言うと、近場の木に背を預けて座る。

そのまま、スケッチブックと筆を取り出した。

「えっと……」

「帰り道が心配だから終わるまで一緒にいる。俺は俺で描いているから。終わったら訂正箇所を教えてくれ。それが〝対価〟だ。タダは危険らしいからな」

「ロイ君……ありがとう!!」

アネットは感極まった様子で抱きついてきた。

びしょ濡《ぬ》れで。

「濡れたままでくっつくな！　それに喜ぶのが早い！　練習できるようになっただけだろ！」

「任せて！　しっかり練習して、あっという間に剣魔十傑になって、十二天魔導になってみせるから！　そしたらこの恩は何倍にしても返すからね！　楽しみにしてて!!」

そんな宣言をすると、アネットはスキップしながら木の方へ向かっていく。

これまでは好きなように魔法を放てなかったが、これからはそれができる。

嬉《うれ》しくて仕方ないらしい。

そういう姿を見ていると、微笑《ほほえ》ましくなる。

誰であれ、活気に満ちているのは良いことだ。

沈んでいるよりはよほど見ていて気分がいい。

ただ。

「あいつ……」

濡れた服で抱きついてきたせいで、スケッチブックも濡れてしまった。

俺はモヤモヤしたまま、ため息を吐《つ》くのだった。

8

「やれやれ」

大公国のとある家。

そこの地下室でヴァレールはため息を吐いていた。

「エイブラハム君。本名はカスパル。帝国軍の隠密《おんみつ》部隊所属。三年前から大公国に潜入。現地にて商人として活動しつつ、婚約をし、一年前に結婚。大した経歴だ」

ヴァレールは調べ上げた経歴を口にしながら、目の前の男を見る。

椅子に縛り上げられた男は、すでに虫の息だった。

帝国軍の精鋭ともいえる隠密部隊とはいえ、相手は十二天魔導の一人。

しかも完全な奇襲だった。

最初の一手ですべて決まってしまった。

「嘘に嘘を重ねすぎると、そのうち何が本当かわからなくなる。これは経験談ではあるんだが……喋《しゃべ》ることがないのは何が本当かわからないからか？」

「……殺せ……」

「おいおい、残された妻のことを考えたらどうだ？　暗号文の読み方を教えてくれればそれでいいんだぞ？」

「知らないものは……教えられん……」

カスパルは荒い息で告げる。

それはすでに何度か繰り返された質問だった。

カスパルの意識はもう朦朧《もうろう》としていた。

無理もない。

カスパルの左手の指はすべて切断されていた。

ヴァレールの仕業だ。

「ふむ、ちまちまやるのは面倒だ」

そう言うとヴァレールは指を振る。

風が吹いたかと思うと、地下室にカスパルの悲鳴が響き渡った。

カスパルの右手の指もすべて切断されたからだ。

痛みと出血でカスパルの意識が遠のき始める。

「指がなくとも幸せに暮らすことはできる。わざわざ敵地で妻を作ったのは愛していたからだろう？　吐け」

カスパルは朦朧とする意識の中で、妻との思い出を振り返っていた。

カモフラージュのための結婚。

そう心に言い聞かせ続けていた。けれど、実際は違う。

愛していた。

だからこそ、誓ってもいた。

妻を理由に国を裏切るようなことはしない、と。

「くたばれ……」

「見事と言っておこう。愚かだがな」

そう言ってヴァレールはカスパルを始末した。

そして。

「帝国の隠密部隊は皆、口が堅いようだな」

何事もなかったようにヴァレールは暗号文に目を向ける。

解読は半ばまで進んでいるが、肝心な部分が読めない。

これ以上、解読に時間を割くわけにもいかないため、帝国軍の隠密部隊を探し回っているのだが、誰も口を割らない。

「もしや、本当に知らないか？」

ここまで口を割らないとなると、その可能性が出てきた。

全員が抵抗している素振りをしているだけで、本当に知らない。

それほど重要度の高い暗号文の可能性がある。

そうなると、こうやって末端の隠密部隊を探すだけでは埒《らち》が明かないかもしれない。

ふむ、と顎に手を当ててヴァレールは考え込む。

しかし。

「エイブラハムー？　エイブラハムー！　どこにいるのー？」

上から声が聞こえてきた。

カスパルの妻だ。

ヴァレールはごくごく自然な動作で魔法を準備していた。

妻を消すためだ。

だが、すぐにそれを思いとどまる。

「危ない危ない。癖というのは怖いな」

思わず動いていた右手を左手で押さえる。

そのまま、ヴァレールは風と共にその場を後にした。

そのうちカスパルの死体は見つかるだろうが、大した痛手にはならない。この周辺では衝撃的な事件として扱われるかもしれないが、ヴァレールの仕業だと気づく者はいない。

「俺も丸くなったもんだ」

少し離れたところに移動したヴァレールは、妻を始末しなかったことに対して呟《つぶや》く。

昔なら躊躇《ちゆうちよ》せず殺していた。

生かしておくメリットがないからだ。

たとえ、大公国の一般市民であっても、だ。

これがルテティア皇国の民でも対処は変わらない。

しかし、それをすると露骨に機嫌が悪くなる同僚がいる。殺しは敵だけ。それだけで十分という同僚が。

機嫌が悪くなるだけならともかく、怒りを向けてくる。

黙っていればわからないことだが、下手《へた》な嘘は見抜かれる。ならば、嘘をつかないように行動するしかない。

「さすがに大賢者様を敵には回したくはないからな」

声と共にヴァレールは姿を消した。

目的地は帝国。

この暗号文は末端の人間では解けない。

ならば、帝国内にいる者に聞くしかない。危険ではあるが、それ以外に手はない。

戦いが起きた際、ヴァレールが動くことはほとんどない。

それはヴァレールの領分ではないからだ。

ゆえにヴァレールは危険を冒す。

情報を集めることこそ、ヴァレールの戦いだからだ。

■■■

数日後。

帝国領内でヴァレールは協力者と接触していた。

とはいえ、面と向かって会うわけではない。

「手紙の解読が終わった」

「感謝する」

帝国の街にある小さなカフェ。

そこのオープンテラスで、ヴァレールと協力者は背中合わせで会話をする。

「あんなものをどこで手に入れた？」

「伝手《つて》があってな。それで？」

「伝手だと？　これは最高レベルの暗号文だぞ？　限られた者しかこれを使うことはできんし、移送にも相当な監視がつく」

「そうか」

協力者の言葉にヴァレールは短く答える。

それはヴァレールにとってあまり意味のないことだったたからだ。

手に入れられる者すら限られる。

つまり、伝手は限られる。バレれば大変なことになるわけだが、そんなことに怯《おび》えている暇はヴァレールにはなかった。

「早く聞かせてくれ」

「……日時まではわからなかった。しかし、作戦内容はわかった」

「日時が一番知りたかったんだがな」

「こちらにも限界がある。よく聞け、作戦は総勢四十万での王国、皇国への同時攻撃」

「大盤振る舞いだな」

さすが帝国といえばそれまでだが、帝国とて四十万の軍勢を動かすのは一苦労なはず。

それ相応の見返りが期待できると踏んでの行動だろう。

「そして、それらを囮《おとり》として……大公国の首都を落とす気だ。すでに部隊は大公国へ潜入している」

「狙いは大公国か……しかし、帝国の部隊を見逃すとは思えんが？」

隠密部隊の一人や二人ならいざ知らず、首都を落とすならば普通の部隊を動員せざるをえない。

数も相当必要なはず。それを見逃すほど大公国も間抜けではない。

だが。

「クラーケンがルテティア皇国内に出現したはずだ。あれも作戦のうち。足止めされていた船が一気に港へ殺到した混乱に乗じて、潜入している」

「魔物まで利用できるのか？　帝国は」

「知らん。だが、そう書かれている」

「厄介だな」

ヴァレールは呟くと立ち上がる。

もう協力者に用はない。あとは動くだけ。

「行くのか？」

「もちろん」

「気休めだが、気を付けろ。作戦が近いせいか、帝国軍の目が厳しい」

「ありがたく受け取っておこう」

そう言いつつ、ヴァレールは不敵に笑う。

この程度の厳しさでは止めることは不可能だと、ヴァレール自身が一番わかっていたからだ。

そしてヴァレールは帝国領内から帰還し、大賢者の下へ向かうのだった。

9

「最近、魔導科の子と仲が良いのね」

久しぶりに出席した授業の後。

隣にいたユキナがボソッと呟いた。

何と言っていいかわからず、黙っていると。

「魔剣科と魔導科って仲悪いのよ？　知ってた？」

「まぁ、それなりには」

学院の仲間という意識よりは、それぞれが別のものという意識が両者にはある。

そもそも、魔剣科はベースが王国。魔導科はベースが皇国。三国同盟が出来上がるまでは、両国は長い間、敵対関係にあった。

今はだいぶ落ち着いたとはいえ、仲が良いわけではない。三国同盟も大公国が間に入っているからこそ、成立している。

王国の国王、アルバートは歴代屈指の穏健派。本人も皇国に悪い感情を抱いてはいないが、国王がそうでも国民は違う。

そういう背景があるからこそ、魔剣科と魔導科の間にはライバル視に似た対立が存在するし、学院側も競争に繋《つな》がるとして推奨している。

たしかに。

戦争に比べればおままごとみたいなものではあるが。

「なら……どうして魔導科の子に稽古場なんて紹介したのかしら？」

「なぜそれを……？」

「言わなかったかしら……？　見取り稽古だって」

ユキナは珍しくニッコリと笑った。

その笑みが怖い。

まさか……ずっと見てたのか？

俺が気づかないほどの距離から？

殺気であれば相当な距離でも気づけるが、ただ見ているだけなら警戒していないとわからない。

そして警戒なんてしてなかった。

そんな……見られてるなんて思わないし。

さすが天狼眼《シリウス・アーク》というべきか。気づかなかった。

ただ、俺の監視に使うのは宝の持ち腐れだろう。いや……間違ってはいないんだけど。

むしろあらゆる面で見る目があるといえるわけだが。

「彼女、困っていたから……」

気まずくて視線を逸《そ》らしながら俺は答える。

それに対して、ユキナは冷ややかな雰囲気のまま告げる。

「星脈の密集地帯。とても貴重なのね。古い文献に記されてたわ。探すのに苦労するくらいには珍しいってことよね？」

「聞こえてたのか!?」

さすがにありえないと思って、俺はユキナのほうへ視線を移す。

ユキナは真顔で俺を見つめる。

そして。

「そんなわけないでしょ？　聞いたのよ、アネットさんに直接。デザートをご馳走《ちそう》したら、喜んで喋《しゃべ》ってくれたわ。可愛《かわい》らしいわね、彼女」

「そうだよな、よかった……」

呟いたあと、俺はまったくよくないことに気づいた。

ユキナの目がとても疑念に満ちている。

これはまずいかもしれない……。

「どうして、そんな貴重な場所のことをロイ君が知っているのかしら？」

「たまたま見つけたんだ……あまりにも異質な場所だから獣が避けてた。それで……」

俺は少し言葉を濁す。

ユキナは古い文献と言っていた。

つまり、学院の図書室で調べたということだ。

そうなるとわかってくる。その書物が奥深くに保管されていて、ユキナが見つけるまでしばらく人の目に触れていないことが。

図書室で調べたという言い訳は使えない。となると。

「それで？」

「実家に帰ったときに暇つぶしで調べたんだ。父上はレナと同じで本好きだから。うちにはかなりの数の本があるんだよ」

完璧だ。そして危なかった。

ユキナの目がなぜだか残念そうだ。

これはあれだな。狙われていたな。

「そう、それならそういうことにしておくわね」

あぶね～。

ユキナの恐ろしさは目が良いとか、勘が良いとかじゃなくて、このしつこさかもしれない。

とにかく諦めない。

俺が何か隠していると確信しているし、それを暴こうとしてくる。

やはり恐ろしい。

なるべく一緒にいないほうが……。

「今日は久々に稽古に付き合って」

「え？　俺にも予定が……」

「付き合ってくれるわよね？　まさかアネットさんには稽古場を紹介するのに、私の稽古には付き合えないのかしら？　それってアネットさんが、愛嬌《あいきょう》のある可愛いらしい女の子だからかしら？　それとも女性的魅力に溢《あふ》れているから？　私は可愛げがないものね。仕方ないと諦めるべきかしら？」

「いや、その……」

「そうじゃないなら。付き合って」

「はい……」

圧力に負けて俺は頷《うなず》いてしまう。

どうして俺は女性に対して、こんなに弱いんだろうか？

普通、妹がいれば女性には耐性がつくと思うんだが。

しばらく考えて、結論が出た。

世の中の女性が妹より厳しいから、だろうな。

俺の基準は俺に甘いレナだ。そしてそのレナより、世の中の女性は厳しい。俺に対して。

だからついつい、押し負けてしまう。

強くなりたいなぁ、と思いつつ、俺は黙ってユキナの後に続くのだった。

10

学院の外。定番となりつつあるアネットの稽古に付き合っていると、アネットは今日はおしまいと稽古を切り上げた。

俺の絵も一区切りついたので、俺たちは学院への帰路についた。その道中、俺はこれまで聞けなかったことを訊《たず》ねることにした。

「なぁ、アネット」

「うーん?」

「嫌なら答えなくていいんだが……十二年前の出来事のきっかけが俺の父親だということは知っているか?」

「うん、知ってるよ。なんで?」

なんでって……。

不思議そうに聞き返すアネットに、俺は戸惑う。さすがに予想外な返しだ。

「アネットの……お祖父《じい》さんは」

「お祖父様は自分の意思で行ったんだよ。行かない選択もできたけど、お祖父様が行くと決めたの。君のお父様は関係ないよ。そうでしょ？」

達観した様子でアネットは告げる。

俺なんかよりよほど大人だ。それは多様な経験をしてきたからだろう。

ここで俺がそれでもルヴェル男爵家に責任があるというのは、失礼というものだろう。

この話は終わりだ。

一言、そうだな、と告げて、俺はアネットと共に歩く。

そんな帰り道。学院の門をくぐった俺たちの近くを何かが通った。

その何かにアネットは気づかない。とにかく速いうえに擬態していたからだ。

そしてその何かは学院の中へと消えていった。

生き物なのは間違いない。ただ、害のある感じではなかった。いざとなれば捕まえれば済む。

そう思い、俺はその何かの跡は追わなかった。

[redacted]

学院内に戻ると、何か慌ただしい様子だった。

俺とアネットが首を傾《かし》げていると、息を切らしたレナが通りかかった。

「レナ、何かあったのか？」

「お兄様！　大変です！　貴重な幻獣が逃げ出したそうで、今、みんなで捜索中なんです！　見つけた人には報奨金も出るそうです！　お兄様も探してください！　お願いしますよ！」

レナはそれだけ言うと、ものすごい勢いで走っていってしまう。なかなかに本気だ。

幻獣というのは、希少な魔法生物の総称だ。ただの動物と片付けるにはあまりにも特殊だし、かといって魔物ほど危険でもない。そういう分類の獣のことだ。

学院がわざわざ生徒に報奨金を出すということは、相当、貴重なんだろう。

まぁ、俺には関係ないけれど。

「ご苦労なことだ」

そう言って俺は寮の部屋に戻ろうとするが、服を摑《つか》まれた。

気のせいだと思い、無理やり進もうとするが、がっちりと摑まれている。

「……なんだ？」

「ロイ君！　報奨金はあたしたちが貰《もら》うよ！」

目がお金になっているアネットが俺の服を摑んでいた。

しかも、俺が協力すること前提らしい。

「……寝たいんだが？」

「お願いお願いお願い!!」

まるで子供のようにアネットは両手を振る。ただの我儘《わがまま》なら無視するところだが、アネットがお金を必要としているのは弟や妹のためだ。

無下に扱うのは心が痛む。

だから、俺はため息を吐《つ》いて呟《つぶや》く。

「ちょっとだけだぞ？」

「わー!!　ありがとー!!」

アネットは素直に喜ぶ。だが、すぐに真剣な顔つきへと変わり、宣言した。

「では！　出発！」

「あてがあるのか？」

「あてはないけど、こういうときは知恵がある人に聞くに限るよ！」

そう言ってアネットは歩き始めた。

向かったのはいくつかある食堂の一つ。食事時ではないので、生徒の姿はまばらだ。

そんな食堂の奥。優雅に紅茶を飲みながら読書をしている女生徒がいた。

「おーい！　ユキナさん！　知恵貸して！」

「あら？　アネットさん、それにロイ君」

アネットに声をかけられた女生徒、ユキナは不思議そうに首を傾げた。なぜ、俺たちがここに来たのか疑問なんだろう。

というか。

「なんでユキナがここにいるってわかったんだ？」

「前、ここでデザートをごちそうしてもらっちゃった」

えへへ、とアネットは笑う。

「ここは静かだし、読書に向いているの。それはそれとして、何事かしら？」

「そうそう！　あのね！　幻獣が逃げ出したらしくて、見つけたら報奨金が出るんだよ！　捕まえるのに知恵を貸して！」

「そういえばそんなこと言っていたわね。たしか……幻想猫《ミラージュ・キャット》だったかしら？」

「逃げ出した幻獣を知っているのか？」

「教師陣がそんな話をしていたわ。興味がなくて、探す気もなかったけれど……二人は一緒に捜索中かしら？　仲が良いのね」

スッとユキナの目が細くなる。言い知れぬ圧力を感じて、俺は自然とアネットの後ろに隠れるが、そのせいでより圧力は強くなった。

「うん！　一緒に探してってあたしが頼んだんだよ」

アネットは素直にそう言って、邪気のない笑みを浮かべる。

その反応に少しユキナは戸惑った様子を見せた。

「そ、そう……でも、二人で探しているなら私の知恵なんていらないんじゃないかしら？　それに私はまだ読書の途中だし」

「そんなことないよ！　お願い！　ユキナさんの知恵が必要なの！」

ユキナはあまり気が進まないようだった。まぁ、ここは静かで読書に向いているから気に入っているわけで、そこにうるさいのが割り込んできたら迷惑ではあるか。

とはいえ。

「アネットは弟や妹に報奨金を送りたいらしいんだ。手伝ってくれないか？」

「……そういう言い方はずるいわね」

「頼むよ、ユキナ」

「……仕方ないわね」

しょうがないとばかりにユキナはため息を吐いて、読みかけの本を閉じた。

「ありがとう！　ユキナさん！　大好きだよ！」

そう言ってアネットはユキナに抱きつく。

アネットの素直な感情表現に戸惑いつつ、ユキナは説明を始めた。

「幻想猫は高度な擬態能力を持っているわ。どのような場所でも溶け込めるの。普通に探して見つけるのは難しいわね」

「ユキナでも、か？」

「学院をくまなく捜索するのはごめんよ。それより簡単な方法があるわ」

ユキナは言いながら、食堂の調理場を指さす。

それだけで俺はだいたい何をやろうとしているのか、察した。

「え？　何？　何やるの？」

「本で読んだわ。幻想猫の主食は果物よ。見えない相手を追いかけるより、来てもらうほうが早いわ」

「なるほど！　餌で釣るんだね！　さすがユキナさん！」

「けど、今、私の持ち合わせがないわ」

「あたしもないよ？」

学生用の食堂とはいえタダではない。

ユキナとアネットがジッと俺を見つめてくる。

その圧に負けて、俺はため息を吐きながら財布を出した。悲しいことに、持ち合わせがあってしまった。

こんなことなら存在に気づいたときに確保しておけばよかった。

[redacted]

「わーっっ!!　ねぇ！　食べていい!?　食べていい!?」

幻想猫を釣り出すために、俺たちは食堂で用意できる果物やデザートをテーブルに並べていた。

なのに、なぜかアネットが興奮している。

「食べていていいんじゃないかしら。もったいないもの」

「構わないけど、これで捕まえられなきゃ払い損か……」

「そのときは私が立て替えるわ」

さすがお嬢様。言うことが違う。

それならすっかり寂しくなった俺の財布も復活するかもしれない。

ただ、一番は幻想猫を捕まえることだ。それで報奨金が手に入る。

なんて思っていると、アネットが幸せそうにデザートを食べ始めた。

「うーん！　甘い！　幸せ！」

本当に幸せなんだろうな、という表情をアネットが見せる。

そんなアネットに苦笑していると、突然、それはやってきた。

何かがテーブルの上に乗り、果物を勢いよく食べ始めた。

俺とユキナが同時にそれを取り押さえようとするが、それは一瞬で察知すると果物をくわえて、テーブルを強く蹴った。

それだけでテーブルがひっくり返り、テーブルの上にあった果物やデザートが飛び散る。

「ちっ！　逃げられたか！」

咄嗟《とっさ》に後ろに身を引いて、テーブルから離れたため俺に被害はない。

しかし、二人は違った。

「あ、あたしのデザートがぁ……」

「着替えなきゃね……」

飛び散ったデザートや果物で、ユキナとアネットの服はひどく汚れていた。

アネットの場合は、汚れたことよりデザートが駄目になったことのほうがショックみたいだが。

「俺が追うから、あとで合流しよう」

「お願い。さぁ、アネットさん行きましょう」

「まだ食べてないのもあったのぃ……」

嘆くアネットを連れて、ユキナはその場を後にする。

それを見送った後、俺は幻想猫を追った。悠長にしていられるのには理由がある。

果物をくわえていったから、たしかな痕跡を追えるためだ。

点々と落ちている果物や、果汁。そしてその匂い。それらが姿の見えない幻想猫の行方《ゆくえ》を教えてくれる。

それらを追っていくと、近くの建物へと向かっていた。

よほど腹が減っていたんだろう。まだ果物をくわえている。

そっと気配を消して、扉の開いていた部屋を覗《のぞ》き込む。姿は見えないが、確実に何かを食べている音が聞こえる。

素早く俺は部屋へと入り、扉を閉める。

「これで逃げ場はないぞ？」

果物を食べていた幻想猫を部屋に閉じ込め、俺は腰に手を当てる。

意気込んで怖がらせても仕方ない。

ジッと見つめていると、幻想猫は擬態が通用しないと判断したのか、擬態を解いた。

真っ白な子猫がそこにはいた。唸《うな》りながら威嚇してきているが、大して怖くはない。

そっと前に出る。怖がらせないように、なるべくゆっくりと。

しかし、それがまずかった。

一瞬のうちに幻想猫は部屋の壁をよじ登り、小さな隙間から通気口へと入ってしまった。

「しまった……猫を甘く見てたな」

予想外の動きにそう呟きつつ、俺は自分の耳を頼りに部屋を出て、幻想猫を追う。

擬態できるとはいえ、走れば足音は聞こえる。ましてや通気口を通る足音だ。追うのはそんなに難しくない。

駆け足で追っていると、突然、幻想猫が進路を変えた。その先には部屋がある。

好都合。そこで捕まえてやる、と意気込み、俺は部屋の扉を開けたのだが。

「えっ……?」

「わっ⁉」

そこにはユキナとアネットがいた。さきほど汚れた服を着替えるために。

なぜ？　という言葉は出てこない。確認してないが、ここが更衣室で、一番近かったからだろう。

タイミングがいいのか、悪いのか。ユキナの水色の下着も、アネットのピンクの下着もばっちり見えてしまっている。

二人は俺の姿を見て、固まる。ただ、すぐに顔を赤くして服で体を隠すが、それだけで隠せるものではない。

ユキナは均整の取れたスレンダーな体だということがよくわかったし、アネットは小柄な体に似合わず、思ったより胸がデカいというのがわかってしまった。

非常に気まずい。気まずいが、ここに幻想猫が逃げ込んだのも事実。

どうするべきかと迷っていると。

「タダ見禁止！」

そう言ってアネットが物を投げつけてきた。

急いで外に出て扉を閉めて、俺は弁明する。

「違う！　ここに幻想猫が逃げ込んだから……ごめん！」

「えっ!?　報奨金！」

「アネットさん！　まず服を着て！」

「でもでも！　報奨金が！　どこ!?　どこ!?」

わちゃわちゃとしたやりとりが部屋の中から聞こえてくる。

たぶん、もう幻想猫は逃げてしまっただろう。つまり、証拠がない。これでは俺はただの覗き野郎だ。

さすがにわかってくれるとは思うが……。

「あの猫め……」

どうして俺がこんな目に、と思いつつ、俺は壁にもたれ掛かるのだった。

それからしばらくして、別の生徒が寛《くつろ》いでいた幻想猫を見つけて、保護したという情報が入ってきた。

元々、親とはぐれてしまった個体らしく、学院がしっかりと引き取り先を探すそうだ。

「あぁぁ……あたしの報奨金……」

しばらくの間、アネットの放心状態は直らなかった。

俺としてもデザート代は払わされるし、駆け回る羽目になるし、踏んだり蹴ったりではあったが……。

美人の着替えを見られたという点だけで、プラスマイナスゼロと思っておこう。

実際、眼福ものではあったしな。怖くて口には出せないけど。

11

ルテティア皇国。

黒の大賢者エクリプスの屋敷に俺はやってきていた。

緊急の来客があったから。

ただ、慌てることなく俺はいつものペースで応接室へ向かう。

すると。

「遅いぞ」

「急いだほうだが？」

「こっちは王に報告する前に、お前のところに来ているんだ。もっと早く来い」

無茶《むちゃ》なことを言ってくれる。

そう思いながら、俺は来客、ヴァレールの対面にあるソファーに腰かけた。

そこで俺はヴァレールが怪我《けが》をしていることに気づいた。

「怪我とはらしくないな」

「厳戒体制の帝国を無理やり突破したからな。とはいえ、最近鈍《なま》りすぎたと反省はしている」

ヴァレールの右腕には包帯が巻かれていた。

おそらく攻撃が掠《かす》ったんだろう。

帝国から逃げきって、それくらいで済んでいるなら大したものだが、ヴァレール基準では鈍っているらしい。

「わざわざ帝国まで侵入していたということは、暗号文が解けたのか？」

「無論だ。ただ、日にちまではわからなかった。とはいえ、厄介なことになる」

「だろうな。それで？　帝国は何を企《たくら》んでいる？」

俺の問いにヴァレールは懐から地図を取り出し、机の上に広げた。

そして左手で帝国から王国、皇国へのルートを示す。

「まず、帝国は総勢四十万の軍勢で王国と皇国へ攻め入る。配分はわからん。二十万と二十万かもしれんし、三十万と十万かもしれん。とにかく大軍勢だ」

「それだけ集めたということは、ほかの戦線での戦いをやめたか」

「そういうことだ。帝国は本気で三国に集中し始めた。とはいえ、それは予想していたことだ。侵攻軍を跳ね返し続ければ、そのうち帝国が本腰を入れてくる。ただ、今回の帝国の本命はこの四十万じゃない」

ヴァレールの左手が動く。

指し示すのは大公国。

その港。

「四十万は囮《おとり》だ。狙いは大公国。すでに部隊は侵入している。手薄な首都を制圧し、三国に楔《くさび》を打ち込む気だ」

そういえば以前、学院にネズミが多めに入ってきていた。あれは作戦前の偵察だったか。とはいえ、少数のネズミならまだしも首都を落とすとなると、それなりの規模の部隊が必要だ。

「……どうやって侵入した？」

「お前が倒したクラーケン、あれが帝国の差し金だったそうだ。足止めされてた船が一気に大公国に入ったとき、その混乱に乗じて侵入された。港は大混乱だ。バラバラで侵入されたら阻止できん」

「魔物まで投入するとは手が込んでいるな。しかし、潜入させられる人数にも限りがあるはず。いくら大公国の首都が手薄とはいえ、落とせるものか？」

「落とす気なんだから、落とす算段があるんだろう。こっちの想像以上に敵の数が多いパターンもある。船が殺到したのは大公国だけじゃない。皇国にも殺到していた。皇国から大公国に向かうルートは、海路ほど厳重じゃない。一旦、皇国に入って、大公国へ向かっていることも考えられる」

「なるほど。手段はいくらでもあるわけか」

ヴァレールの話を聞き、俺は一つ頷《うなず》く。

首都を落とせるなら……良い作戦だ。

大公国は三国の中で最弱だが、三国同盟の要でもある。

大公国が間に入るからこそ、長年いがみ合っていた王国と皇国を加えた三国の同盟を実現することができた。

その首都が落ちれば、衝撃は計り知れない。

大公国は学院以外にも多くの協力を両国にしている。

経済的支援、軍事的支援。どちらも、だ。

そういう支援のおかげで、両国は対帝国に集中できている。

それは大公国を両国が守るという前提で成り立っている。

にもかかわらず、その首都が落とされれば同盟の価値は地に落ちる。

両国が大公国を守れないことが証明されてしまうからだ。

「首都を落とされた時点で三国同盟は崩壊するな」

「盟約の意味がないと誰もが思うからな。少数で首都を落とされたなら、さっさと奪還すればいいと思うだろうが……俺なら王族や大臣級の者の首はすべて刎《は》ねる。むしろそこに集中する」

「とりあえず国としての機能をマヒさせれば、王国と皇国の間に空白地を生ませることができるからな。次の王を誰にするか、今後、どうするべきか。王国と皇国が口を出してくるのは目に見えている。そして、それはいがみ合いに発展するだろう」

「そうなれば王国と皇国は二正面の戦線を抱えることになる。両国は同盟相手ではなく、潜在的な敵同士だ。大公国を離反させるでもよし、各個撃破でもよし。帝国はやれる手段が増える」

ヴァレールは左手を再度動かす。

場所は王国と皇国の国境。

そこを指で叩《たた》きながら告げる。

「大公国を助けたいが、陽動がデカすぎる」

「私が一人で引き受け、残る十二天魔導を大公国の防衛に当たらせる……という策を王が聞き入れると思うか？」

「思わんな。お前が皇国の名門出身なら王も信頼するだろうが、お前の出自ははっきりしていない。今まで以上の大規模侵攻となれば、王は十二天魔導を帝国国境に回したがる。お前の実力は関係ない」

「では、王国はどうだ？　剣聖が軍勢を引き受け、七穹剣《しちきゅうけん》が大公国の防衛にあたる」

「ありえん話だ。国王がどう考えるかわからんが、ほかの貴族がそれを許さんだろう」

となると、方法は一つか。

できればやりたくないが。

なにせ、疲れる。

「では、すべての軍勢を私が引き受け、剣聖が大公国の防衛にあたる。これならどうだ？　逆でもいいが、私のほうが向いてはいるだろう」

「可能なら妙案だが……それでも王国を説得する必要がある。それに我らの王が許可するかな？」

「王には伝えん。独断でやる」

「わかっているのか？　一応、国家存亡の危機だが？」

「わかっているからだ。王に相談すれば、時間がかかる。今は時間が惜しい。お前は王国へ向かい、国王を説得してほしい。穏健派の国王なら説得できるはずだ」

「その間にお前は迎撃準備か。しかし……四十万だぞ？」

「問題ない。心配なのはそっちだ。説得できるか？」

「……やれるだけやろう」

「では、互いに急いだほうがいいな」

「王国へ向かう途中、大公国にも警告する。重く受け止めて、首都を放棄してくれると嬉《うれ》しいんだが……」

「期待しないほうがいいだろう」

俺の言葉にヴァレールは肩を竦《すく》める。

そして風と共にヴァレールの姿が消えた。

それを見て、俺もその場を後にする。

日にちがわからないということは、すでに事が動き出しているかもしれないということだ。

とにかく今は時間が惜しい。

12

ヴァレールがいかに速いとはいえ、俺のように皇国から王国へ瞬時に移動できるわけじゃない。

その間に俺は学院に戻っていた。

剣聖と大賢者として動くなら、落第貴族のロイは邪魔だ。

俺は頭の中でヴァレールが広げた地図を思い出す。

港から首都に直行する場合。

首都の手前にはこの学院がある。

首都に敵が迫る場合、おそらくこの学院は敵を食い止めるために動くだろう。

周辺に、というか大公国内にこの学院以上の戦力を抱える拠点はないからだ。

生徒を戦いに参加させないにせよ、精鋭の教師陣だけでも相当な戦力だ。

そうなると、ここにいるとロイとして動き続けなければいけない。

そんな余裕はさすがにない。

ヴァレールは王国へ向かう途中、大公国に知らせると言っていた。

大公国において、首都の次に重要なのがこの学院だ。

すぐ早馬が来るはず。

それが来たら行動開始だ。

■■■

俺は外に出ず、ジッと部屋で待っていた。そのときを。

そして、それはやってきた。

「お兄様！　大変です！」

珍しくレナが慌てた様子で部屋に入ってきた。ベッドで横になっていた俺は起き上がる。

「どうした？」

「今、早馬が来て……帝国軍が大公国に潜入していて、首都攻略に動いているそうです！」

「帝国軍が大公国に？　誤報じゃないのか？」

「皇国の十二天魔導からの情報で、確かだそうです！　今、学院はその話で持ち切りです！」

レナが話を聞けば、必ず俺のところに来ると思っていた。

だから部屋にいたわけだ。これで心置きなく動ける。

「信頼できる情報ならやることは一つだな」

「はい！　学院は防衛準備に入るそうです！　ただ、高等部の三年生は実習でいないので……」

「いても大差はない。帝国軍が首都を本気で落とす気なら、学院が抵抗しても突破できるように備えているはずだ。ここは三国の逸材が集まっている場所だからな」

言いながら、俺はベッドから出て身支度を始めた。

授業に出る身支度じゃない、学院を出る身支度だ。

「お兄様……？」

「準備しろ。父上に知らせに行くぞ」

「え……？」

「敵がいつ来るかわからない以上、さっさと父上に知らせるべきだ。首都からもいずれ早馬が出るだろうが、父上は軽んじられているからな。俺たちが直接伝えたほうが早い」

「で、ですが……」

レナは少し言葉に詰まる。言いたいことはわかる。

「安心しろ。学院も生徒に戦わせたりしない。貴重な人材だからな。王国、皇国の生徒は避難させられるだろうし、俺たちのような大公国出身者も外に出されるはずだ」

「理解はできます。けれど……二人で領地に向かってはルヴェル男爵家の者は逃げたと思われます」

「思わせておけばいい」

「お兄様が良くても、私は良くありません！　私が馬鹿にされるならまだしも、我が家のことを言われるのは我慢できません！　お兄様には考えがあり、お父様はいつも国のことを考えているのに!!」

レナはそう言うと、俺の顔を見てきた。レナは基本的に俺の言うことには従う。

しかし、今は従えないらしい。気にしてないように見えて、ルヴェル男爵家がいろいろと言われていることに鬱憤が溜《た》まっていたようだ。

まいったなぁ。

領地まで連れていって、俺は適当に理由をつけて父上に同行しないつもりだったが。

まぁ、悪いことばかりではない。レナがついてこないなら、移動中は誰の目も気にしなくていい。それだけ素早く剣聖と大賢者として動けるということだ。

とはいえ、心配だ。一時的とはいえ、レナの周りが手薄になる。

「私は……残ります。私が残ればお兄様が逃げたと言う人はいないはずです！　ルヴェル男爵家の名誉を守れます」

「覚悟を決めているところ悪いが、お前が残っても言う奴《やつ》は言う。言わせておけばいい」

「言い返すことができます！　お兄様は言い返さなくても平気かもしれませんが、私は言い返したいんです!!　もう決めましたから！」

それだけ言うとレナは頭を下げて、走って出ていってしまう。

追いかけたほうがいいんだろうが、あいにく時間がない。

まぁ、レナとて優秀な生徒だ。帝国兵に後れは取らないだろう。

ただ、戦場になるかもしれないところに残していくのは気が引ける。

いざとなればすべてを捨てて助けるだけだが……。

「可愛《かわい》い妹の反抗期かしら？」

「そんなところだな。素直な子だったはずなんだが」

「素直に兄思いなんだと思うわ」

部屋にやってきたユキナはそう言って小さく笑う。

そんなユキナの手には剣が握られていた。

「君も残るのか？」

「ええ、三国の盟約を守る義務があるもの」

「正直、焼け石に水だと思うぞ？」

「それでも。私がここに残ることに意味があるわ。逃げるのは簡単よ。早々に逃げ支度をしている人たちもいるわ。けど……私は祖国を守るためにこの学院に来たわ。それは帝国と戦うということ。なら、逃げるわけにはいかないわ。祖国を守るという覚悟はそこまで甘くないの」

「立派だな。けど、成長段階の今、戦うことは想定してないんじゃないか？　多くの生徒が強くなってから戦うつもりだったはず。今はまだ弱いと思っているなら逃げるのは一つの手段だ。だから学院側も生徒には無理強いはしないはず」

「そうかもしれないわね。けど、敵は待ってくれないわ。強くなるのを待っていたらいつまで経《た》っても戦えない。剣聖になると決めたときから、私は強い相手には立ち向かうと決めているの。その覚悟がないなら剣聖にはなれないから。敵が自分より強いからといって、逃げる者に剣聖は任せられないでしょ？」

　ユキナは自然体の雰囲気で告げる。気負っているわけじゃない。

　本当に思っていることを言っているんだろう。さすがに剣聖を本気で目指すだけあって、メンタリティがほかの生徒たちとは一線を画している。

　生徒のメンタルじゃない。前線に出ている戦士のメンタルだ。

「レナさんは任せて。私が守るわ」

「できれば二人とも逃げてほしいんだけどなぁ」

「できない相談ね。ここを素通りされたら首都を落とされるわ。そうなれば三国同盟は崩壊してしまう。ここで稼ぐ時間が大切なの。必ず援軍は来る。それまで耐えてみせるわ」

　さすがにユキナはここの重要性を理解していたか。

　帝国が首都を狙っているという事実だけで、帝国が望む事態も予想できるんだろう。

　ゆえにこそ、ここで時間を稼ぐ必要がある……けれど。

「俺は必ず父上をここに導くが……それでどうにかなるかはわからないぞ？　援軍は来るだろ

うが、援軍が決定打になるとは限らない。それでも戦えるか？」

「皇国のことはわからないけれど、王国のことならよくわかっているわ。我が国の陛下は三国同盟の重要性をよく理解しているはず。だから必ず援軍を派遣してくださるわ。それまでは……私が王国の代表としてここを守るわ」

「そこまでの覚悟があるならもう何も言わない。だけど……無茶《むちゃ》はするな。自慢じゃないが、父上は三国随一の指揮官だ。父上さえ来れば時間はいくらでも稼げる」

「期待してるわ」

ユキナは笑顔で告げる。

そんなユキナの横を俺は通り過ぎて、部屋を出るが。

「ねぇ、聞いてもいいかしら？」

「なんだ？」

「ロイ君は……来てくれる？」

「元気があったらな」

短く答えて俺は歩き出す。これでロイ・ルヴェルとして動く必要性はなくなる。

気がかりはたくさんあるが……。

とにかく一つ一つ対処していくしかない。

第三章　剣聖と大賢者

CHAPTER 03

1

父上の領地に戻った俺は、さも早馬で駆けてきたような演技をしながら屋敷の中に入った。

「父上……！　父上!!」

「はっはっはっ!!　あの日の王国軍と皇国軍の顔を見せてやりたいわ！　ワシは戦況をジッと見守り……おっ？　ロイ、どうした？」

「……何をしてるんですか？」

屋敷の応接室。

そこで父上はソファーに座っていた。

金髪の美女を横に侍《はべ》らせて。

自分の武勇伝を意気揚々と語る姿は、ちょっと見てられない。

なんて思っていると。

「見てわからんか？」

「わかりませんけど……」

「お前の次の母を作ろうとしておるところじゃ」

「……」

少し理解に時間がかかった。

そして理解した後、俺はゆっくり腰の剣を抜いた。

「腕がなぜ二本あるか知ってますか？　一本くらい斬り落とされても大丈夫なようにです。亡き母上の墓に供えてあげますよ」

「ま、待て!?　待ってくれ！　冗談！　冗談じゃ!!」

父上はソファーの後ろに逃げ込む。

それを見て、金髪の美女はくすくすと笑った。

「さすがルヴェル男爵のご子息。面白いですね」

「冗談が通じなくて困る……」

「では、またご贔屓《ひいき》に」

「ああ、また頼むぞ」

そう言って美女は部屋から去っていった。

それを見て、俺は剣を鞘《さや》にしまう。

「誰です？」

「商人じゃ。闇の、な」

「闇の商人？」

「高くつくが、なかなか流通しないものを売ってくれる。それで？　何事じゃ？」

「帝国軍の作戦がわかりました。四十万で陽動を行い、大公国の首都を精鋭部隊で落とす気です」

「帝国軍も切羽詰まっておるようじゃのぉ。皇帝から圧力でもかけられたか？　いきなり詰みの一手とは……勝負に来たのぉ」

父上は面白いとばかりに笑う。

自分の国が狙われたというのに、笑ってられるあたり、やっぱり頭のネジが何本か抜けているんだろうな。

「して、どうする？」

「四十万は大賢者が引き受け、大公国の救援は剣聖が行います」

「それくらいしか手はないじゃろうな」

父上はフッと笑みを浮かべる。予想通りという表情だ。

「ただ、日時まではわかりませんでした」

「日時など予想するだけ無駄じゃ。大公国の動きを見れば、潜入部隊は感づかれたと察するじゃろう。お前が潜入部隊ならいつ動く？」

「今日ですね」

「その通り。敵陣に潜入している部隊は、気づかれたら動くしか手はない。決行日が十日後じゃろうが、一か月後じゃろうが、何もしなければ潰されてしまうからのぉ」

「まぁ、その通りではあるんですが、陽動に使う四十万が浮くことになりますよ？　いくら帝国でも四十万の人員を動かすのはそうたやすいことではないはずです」

帝国の軍部はこの作戦に懸けている。ゆえに失敗は許されない。潜入部隊はそれも承知しているはず。勝手に動くことはリスクになるだろう。

「そんなこと潜入部隊には関係ないわ。敵国に潜入していて、バレたんじゃ。動かなければ全滅。とにかく首都を目指すじゃろう。ただ、帝国軍とて複雑な作戦を実行する以上、潜入部隊と意思疎通するなんらかの術《すべ》を持っているかもしれん」

「俺みたいに瞬時に移動できる奴がいると？」

「それか、古《いにしえ》の魔族のように遠く離れていても会話ができる者がいるのか、じゃな」

「魔族は伝説上の存在です」

「お前とて伝説上の存在じゃ。たしかに大陸の支配権を懸けて人類と争い、弱体化していた魔族は敗れた。しかし、全滅したかどうかはわからん」

父上はそんなことを言いながら、杖《つえ》をついて歩き始める。

その後に続きながら、俺はあることを聞く。

「ところで、師匠たちは？」

「旅に出たぞ。またそのうち帰ってくる。安心しろ」

「心配したわけじゃありません。というか、いてくれれば楽だったのに……」

「期待はするな。先代は所詮先代。表舞台からは退いた身じゃ」

「いいご身分ですよ、本当に」

人にすべて押し付けて、自分らは旅とは……。

ここにどっちかがいてくれれば、それだけで学院の安全は確保できたのに。

「それはそれとして……レナは学院か？」

「ええ……ルヴェル男爵家の者が二人ともいなくなれば、いらぬ悪評が立つからといって……」

「立派じゃな。ワシの娘とは思えん」

「まったくです」

「そこは否定しろ」

父上は顔をしかめながら、自室に入る。

そこで父上は自らの鎧《よろい》を身に着け始めた。

俺はそれを手伝う。

「学院は首都防衛の最終ラインじゃ。間違いなく戦いが起きる。急がねばならんな」

「はい、できればその前に食い止めたいんですが……たぶん難しいですね。残って戦いに加わる生徒たちもいます。ひどい事態にならないといいんですけど」

「ほう？　学院が大切か？」

「暮らしていれば愛着くらい湧きます」

「そうかそうか」

父上はなぜか嬉《うれ》しそうに頷《うなず》く。

そしてすぐに真剣な顔つきで問いかけてくる。

「作戦のことを皇王は知っているのか？」

「いえ、時間がなかったのでヴァレールと俺の独断です」

「仕方ないことじゃが、そうなると確実に王国を味方につけねばならん。剣聖として独断で動いてはならん。国王と剣聖、皇王と大賢者。どちらも関係が悪くなれば、帝国軍を追い返しても不和が残る。剣聖として国王を立てるのじゃ。そして国王を説得して、剣聖を派遣させよ。そうなれば戦後、皇王が激怒したとしても国王が間に入ってくれる」

「ややこしいですね……」

「ややこしくて当然。剣聖と大賢者はどちらも国の要。柱石じゃ。振る舞いに気を付けなければ新たな争いを引き起こしかねん」

「わかっているなら、なぜ俺を学院になんて置いておくんです？　剣聖と大賢者に集中させてくれればいいのに……」

思わず愚痴がこぼれる。

それに対して父上はフッと笑う。

「ワシがお前を学院に在籍させている理由がまだわからんようじゃな？」

「わかりませんよ。父上の考えることは。母上が俺の平穏を望んでいたからとか、レナを守るためとか。そういう理由以外に何があるんです？　俺は何を学んでいるんですか？」

鎧を着た父上は剣を腰に差すと、俺を見つめる。

そして目を細めた。

「答えを教えてやろう」

「どういう風の吹き回しです？」

父上が答えを教えてくれるなんて……。

わからないことは考えろと言って、決して答えを教えてくれないのに。

「答えを知ったところで、もはや変わらん。だから教えるのだ」

「はい……？」

「これはワシの持論じゃが……戦争で殺そうが、平和な時代で殺そうが、人を殺せば人殺しじゃ。その事実に変わりはない。十二年前に痛いほど……ワシは学んだ」

「……」

「戦争は愚かしい行為じゃ。しかし、どれだけ愚かだと思っていても、敵が迫ってくるならば戦うしかない。奪われるくらいなら奪うほうがマシだからじゃ。人を殺さねばならん。じゃが、我らは獣ではない。殺人の快楽におぼれたりはしない。狂気に呑《の》み込《こ》まれたりもせん。なぜか？　ここに理由があるからじゃ」

父上は俺の胸を叩《たた》く。

そしてニヤリと笑った。

「戦うための理由。ワシはたしかに謀略家で、人殺しじゃ。しかし、すべては——領地を、家族を守るため。それがブレたことなど一度もない。王国だろうが、皇国だろうが、帝国だろうが、関係ない。ワシの領地を、家族の居場所を奪おうとするならどれほどの大軍だろうと、ワシは立ち向かう。それがワシの戦う理由だからだ。そして……お前の戦う理由が学院じゃ」

「どういうことですか……？　俺も父上と同じで家族のために……」

「家族だけでは軽かろう。相手は帝国。守らねばならないのは三国の民。家族のためにというには多すぎる。ゆえに、お前を学院に通わせた。あそこに通う彼ら、彼女らがお前の守るべきものだ。名も知らぬ他国の誰かを守るのではない。親交を結んだ学友の国を守るのじゃ。ひいては学院の友を守るのだ。若者こそが国の未来。あの学院でお前が過ごす他愛《たわい》のない日常。それがあちこちにある。それを守るのじゃ」

父上はそう言うと深くため息を吐いた。

そして。

「お前は強い。ワシでは計り知れんくらい、な。ゆえにこそ、守ることはできるだろう。しかし、守るものが見えない防衛戦にはいずれ綻びが生じる。たしかに学院に通わないほうが楽だろう。だが、当事者意識が芽生えなければ、いずれは防衛が作業になる。そして戯れになるだろう。そうなったらお前は……ただの人殺しの怪物じゃ。覚えておけ。遊びのない仕掛けはすぐに壊れる。余裕がなければいかん。学院での生活がお前の遊びじゃ。無駄こそ至上。学院での生活がお前の精神を癒やし、お前に守るべきものをしっかり見せてくれる。押し付けられたから守るのではない。お前が守りたいから守るのだ。そして、今のお前は……レナだけでなく、学院自体を守りたがっているように思える。つまり、ワシの策が成功したということじゃ」

父上は俺の肩を叩き、そのまま歩き出す。

そして。

「学院にて待つ。男なら守りたいものは自分の手で守ってみせよ。時間くらいは稼いでやろう。剣聖にして大賢者ならば、すべてを完璧にこなせ。そのうえで、見せ場は取っておいてやろう。遅れるようなヘマはするでないぞ？」

そう言って父上は集められるだけの手勢を集めて、出陣した。

それを見送り、俺はため息を吐いて王国へ向かうのだった。

2

剣聖クラウドとしての支度を整え、俺は城へ向かった。

そろそろヴァレールが王国に到着している頃だ。

最速の魔導師の名は伊達《だて》じゃない。

俺のような裏道を使わないなら、ヴァレールの移動速度は最速の名に相応《ふさわ》しい。

実際、ヴァレールの到着は俺の予想より早かった。

「陛下に取り次いでもらいたい！」

「無茶《むちゃ》を言わないでください！　陛下は会議中です！」

「会議より大切なことだ！　急げ！」

「し、しかし……」

ヴァレールは玉座の間の近くで衛兵に止められていた。

ヴァレールなら侵入もできるだろうが、礼儀を重んじたのだろう。話を聞いてもらうために
は仕方ない。

だが、今は礼儀なんて気にしている場合じゃない。

「十二天魔導《じゅうにてんまどう》、風魔のヴァレール殿とお見受けしたが？」

「……白の剣聖クラウド……ちょうどいいところに来たな。話がある」

「それは国境に迫る帝国軍の大軍のことか？」

クラウドとしても情報は摑《つか》んでいる。

それを印象付けるために、俺は国境のことをチラつかせた。

それに対して、ヴァレールは首を横に振る。

「それだけで俺が来るわけがないだろ？」

「それもそうか。ついてこい」

俺は衛兵に下がるように言い、ヴァレールと共に玉座の間へと向かう。

「手短に説明を」

「国境の大軍は囮《おとり》だ。本命は大公国の首都。すでに帝国の部隊が潜入している」

「黒の大賢者はなんと？」

「国境の大軍は自分が引き受けると。その代わり、剣聖には大公国の救援をお願いしたい」

「心得たと言いたいところだが、それには国王の許可が必要だ」

「そうだろうな」

ヴァレールはため息を吐きながらも、気持ちを切り替えた様子だ。

元々、そのつもりだろうしな。

俺は扉を躊躇《ちゅうちょ》なく開く。

中では国王アルバートがタウンゼット公爵たちを始めとする重臣たちと会議をしていた。

「剣聖殿！　今は会議中ですぞ！」

「国境付近に帝国軍の大軍が接近しています。それについて皇国の十二天魔導の一人、ヴァレール殿からお話が」

「このような形での拝謁をお許しください。十二天魔導第七位、風魔のヴァレールと申します」

「噂《うわさ》は聞いている。最速の魔導師と呼ばれる貴公が来たということは、急ぎだな？」

「はっ！」

「話を聞こう」

「陛下!?」

重臣たちの声を無視して、アルバートはヴァレールに話を促す。

すると、ヴァレールは一歩進み出た。

「王国、皇国に向けて帝国軍は四十万の大軍を発しました」

「よ、四十万⁉⁉」

「なんだ、その数は⁉」

「七穹剣《しちきゅうけん》を今すぐ国境へ！」

「今から動いて間に合うのは剣聖殿くらいだ！」

重臣たちが慌てふためくが、アルバートは気にせずヴァレールの話に耳を傾ける。

その程度でヴァレールが来るわけがないと理解しているからだ。

「しかし――その大軍は陽動です。本命は大公国の首都。すでに大公国内に帝国部隊が潜入しております。作戦の決行日時はわかりませんが……こちらの動きを察して、すぐに動き出すと思ったほうがよいかと」

「三国に楔《くさび》を打ち込むか……」

いつになく深刻な顔つきでアルバートは告げる。

穏健派であるアルバートは同盟の大切さをよく理解している。

剣聖の力を過信してもいない。

三国が連携しているからこそ、帝国に対抗できているとわかっているのだ。

「ここからは黒の大賢者からの提案です。四十万の大軍はすべて引き受ける代わりに、白の剣聖を大公国に派遣していただきたい」

「言っている意味がわかっておられるか？　我が国に防御を捨てろ、と？　四十万の大軍を目の前にして」

「はい。それしか手がありませんので」

ヴァレールは真剣な顔つきでそう言い切った。

そして。

「これは三国の盟約に関わる話です。どうか、提案をご承知いただきたい」

「ふざけるな！　大賢者が失敗したらどうする⁉」

「そうだ！　我が国だけがリスクを負うのは理不尽すぎる！」

重臣たちは一斉に反対を唱える。

だが、ヴァレールはジッとアルバートだけを見つめていた。

アルバートは目を閉じて、深呼吸をしている。

この決断を間違えるわけにはいかないからだろう。

「この話……皇王陛下はご存じか？」

「いえ、私と大賢者の独断でございます」

「なんだと⁉」

「話にならん！　我らに要求するなら皇国として要求するのが筋のはず！」

「つまみ出してしまえ！」

もっともな反応だ。

いくら大賢者とヴァレールが皇国の重要人物とはいえ、あくまで個人。

その話に王国が乗る義理はない。

だが、アルバートは苦笑を浮かべていた。

「十二天魔導の地位を得ながら、なぜそんな危険を冒す？」

「私はあまり人に信用されない性質《タチ》でございますが……これだけは信用していただきたい。私は祖国を守りたいと思っています。地位や名誉は二の次です」

「祖国のためか……」

「はい。大公国が落ちれば三国同盟は崩壊いたします。首都が落ちてから解放しても意味はありません。落ちる前に助けなければ！」

「言いたいことはわかった。もっともなことだ」

アルバートはそう言ったあと、俺に視線を向けてきた。

優しい眼差しだ。

「クラウド、貴公は……どう思う？」

「大公国が落ちれば三国の関係に亀裂が入るというのは間違いないでしょう。しかし、そう思っているなら皇国が大賢者を除く十二天魔導を派遣する、というのも手かと」

「できるならやっている。十二天魔導は集めるだけでも大変なのだ。しかも、そのためには重臣たちと協議が必要だ」

「では、アルビオス王国でも協議が必要かと」

「陛下!!　皇国の者がこのようなことを言うのはおかしいかもしれませんが……この事態の深

刻さ、陛下ならわかってくださると思い、ここまで来ました。皇国はすぐには動けない。頼みの綱は王国だけなのです！」

　ヴァレールはそう言って膝をつく。

　それに対して、重臣たちも膝をついた。

「陛下！　重要なことゆえ、協議するべきです！」

「軍部の者も呼び、しっかりと話し合いましょう！」

「陛下！」

「陛下！」

　ヴァレールと重臣たちに挟まれたアルバートは天井を見上げる。

　そして。

「クラウド……貴公はどうしたい？」

「聞くまでもないことを。陛下のお気持ち次第です」

「私にすべてをゆだねるというのか？」

「〝剣〟は……振るう者次第ですから」

　俺の言葉を聞き、アルバートは笑う。

　いつも気ままに動く奴《やつ》の言うことじゃないからだろう。

　だが、それでアルバートの心は決まったらしい。

「白の剣聖クラウド。貴公に命じる。三国の盟約に従い、大公国の救援に赴け。我が国の威信に懸けて、必ず帝国軍の動きを阻止し、大陸中に見せつけてくるのだ。我が国は同盟国を見捨てない、と」

「――御意」

「陛下！　お待ちください！」

「お考え直しを！」

重臣たちが考え直すよう声をあげるが、アルバートは彼らを一瞥《いちべつ》して告げた。

「もう決めたことだ。王の決定に文句は言わせん」

アルバートはピシャリと言い切ると、俺に向けて静かに命じた。

「行け」

「はっ！」

一礼して、俺は早々に立ち去る。

そのまま一度、城から姿を消す。

ヴァレールがいる前で、大賢者のような好き勝手はできない。

あくまでどこにでも好きに移動できるのは大賢者の特権だからだ。

そのまま、俺は黒の大賢者としての姿に切り替えると、王国と皇国のちょうど中間にあたる国境へと飛ぶのだった。

3

帝国軍四十万。
その姿を肉眼で捉えることはできない。
しかし、俺はしっかりとその動きを捉えていた。
魔法で作り出した球が帝国軍を捉えたからだ。
「やはり動き出していたか」
球を通して、頭の中に映像が映し出される。
空からの映像で、眼下には隊列を組んで前進する帝国軍の姿があった。
さすがに四十万もいると、多い。
いまだに軍勢は二つに分かれていない。ギリギリまでは一塊で進軍するのだろう。
好都合ではある。
「最大火力の一撃でどうにかするしかないか……」
とにかく敵の数が多い。
撤退に追い込むには相当な損害を与える必要がある。
司令部を潰したとしても、ほかの場所に指揮官級の者がいれば、きっと進軍は続く。
なにせ目的が陽動だ。

戦力がある程度維持できていれば、目的を果たそうとするだろう。
それでは困る。
大魔法による一撃で撤退してもらわないと。
こっちは時間も人手も足りないのだから。
「空虚なる魔天——」
敵との距離がある今、詠唱に時間がかかることはデメリットにはなりえない。
俺が使うのは上古の神淵魔法《しんえんまほう》。
基本的には長い詠唱を必要としない魔法だ。
戦闘で使うために、省かれたからだ。
しかし、その中でも特殊なものも存在する。
威力を重視し、詠唱に時間がかかるこの大魔法はその一種だ。
「神光は満ち満ちた——」
詠唱の数だけ魔法陣が増えていく。
展開されるのは敵軍の頭上。
「禍光《かこう》招きたるは無垢《むく》なる問い——」
その魔法陣の大きさは俺が使う神淵魔法の中でも飛び抜けてデカい。
三つの魔法陣が出現したことで、帝国軍の兵士たちも異常に気づいたようだ。
明らかに何かがおかしい、と。

「無知の咎《とが》を其《そ》の身で受けるがいい――」
四つ目の魔法陣が出現する。
一つ目より二つ目。
二つ目より三つ目。
魔法陣は徐々に大きくなっている。
そして魔法陣がゆっくりと回り始めた。
「神威は天に在り――」
五つ目。
その頃になって、帝国軍は防御態勢を取り始めた。
逃げることは不可能だからだ。
そんな帝国軍に対して、俺は残酷なまでにあっさりと。
最後の言葉を告げた。
【神威ノ天咎剣《フラガラッハ》】
空に浮かぶ五つの魔法陣。
さらにその上から巨大な剣が降ってくる。
光が集まったその剣は、一つ目の魔法陣を通過して、巨大化した。
さらに二つ目、三つ目と通過するごとに剣は巨大化していく。
すでにその大きさは数十メートルを超えている。

これは軍勢に対する魔法ではない。

これは対都市用の攻城魔法。

守りを固める都市を、容赦なく破壊する無慈悲な大魔法。

四つ目を通過した段階で、帝国軍側も何重もの防御魔法を展開した。

四十万を守るように半球状の透明な壁が出来上がる。

しかし。

五つ目を通過し、百メートルを超える超巨大な剣へと変貌したそれは。

帝国軍の防御魔法に触れた瞬間、その防御魔法をあっけなく砕いてしまう。

ガラスの割れるような甲高い音とともに、帝国軍の防御魔法は崩壊していく。

そして何も守るものがなくなった帝国軍の頭上に、光の剣が降ってくる。

もはや逃げられないと悟った帝国軍の兵士たちは、絶望しながら空を見つめる以外に手はなかった。

衝突。

大きな土煙が巻き上がり、その後に光の剣が爆散する。

その爆発によって、さらに土煙が巻き起こる。

もはや何が起きているのかわからない。

兵士の悲鳴も圧倒的な物量と爆音によって消え去ってしまう。

やがて土煙が晴れると、そこには巨大なクレーターが出来上がっていた。

圧倒的威容を誇った四十万の帝国軍の姿もない。

奇跡的に生き残った兵士もいるようだが、もはや組織立って動くことはできないだろう。

この惨事を見て、まだ戦う気になる者はそうはいないはずだ。

自分でやっておいて、こんなことを言うのはおかしな話だが。

「戦争じゃなくて一方的な虐殺だな」

四十万の軍勢が一瞬で壊滅した。

半分は間違いなく死んだ。半分も無傷ではない。

衝撃波で吹き飛ばされた者が多数いる。

辛《かろ》うじて生きている者も、時間が経《た》てば死んでいくだろう。

帝国軍相手にここまでの損害を与えたことはない。

いつも司令部を潰して、撤退させていたからだ。

それが一番効率的だったから。

そして、今はこれが一番効率的だった。

今、俺はこの大陸で最も人を殺した人間になったわけだが。

不思議なことに、特に思うことがない。

これまでも殺してきた。

だから数が増えたところで何も感じない。

必要だからしただけのこと。

そう思いながら、俺はフッと笑う。

なるほど、父上の言う通りだ。

俺にとって帝国軍を迎撃することは〝作業〟となっていたようだ。

周りからは、さぞや化け物に映るだろう。

けれど。――

そんな化け物にも守りたいものがある。

帝国兵を大勢殺しても大して心は動かないが、学院に敵が向かっていると思えば、心がざわつく。このざわつきが、まだ俺が人だという証拠でもある。

「行くか」

失うわけにはいかない。大切なものだ。

4

ロイが出立してすぐ。

学院は防衛態勢に入っていた。

アンダーテイルの市民は避難させられ、学院には戦える者が集まっていた。

生徒たちには避難するか、留《とど》まるかの選択が委ねられた。

多くの生徒たちは避難を選び、王国の生徒は王国との国境へ、皇国の生徒は皇国との国境へ避難していった。

所詮、他国のこと。

いまだ生徒である自分たちには関係ないというのが大多数の生徒の考えだった。

それでも。

「残ってくださり、ありがとうございます。ユキナさん」

「残念だけど、大公国のためじゃないわ。私は私の矜持《きょうじ》と覚悟のために残ったの」

「それでも嬉《うれ》しいです」

レナとユキナは学院の物見塔にいた。

丘の上にある学院から周辺を一望できる。

敵が首都を狙う以上、学院の近くを通る必要がある。

学院の方針は二つ。

帝国軍が素通りするならば、敵の後背を脅かし、首都への攻撃を鈍らせる。

帝国軍が学院を攻略しに来るならば、学院の防御魔法を使って敵の攻撃を防ぎ、時間を稼ぐ。

どちらにせよ、敵の早期発見が最重要だった。

いつ、敵が来るかわからないため、ユキナとレナは物見塔にいたのだ。

首都とは違い、学院は戦いを想定した組織だ。

より強い生徒を育てる組織であり、教師たちも優秀な者が揃《そろ》っている。

ゆえに、知らせが来た時点で敵の攻撃を想定して動いていた。

敵がいつ来るかわからないからまだ大丈夫、ではなく、いつ来るかわからないならば、すぐに備える必要があるという考え方をしていた。

その動きの早さが功を奏した。

物見塔にいたユキナは視界に違和感を覚えた。

学院から見て港は西にあり、首都は東にある。

ユキナはその西側に違和感を覚えていた。

何かがおかしい。

けれど、言葉にはできない違和感。

何かがおかしいことはわかる。けれど、言葉にできない。

「レナさん、あそこ、変じゃないかしら？」

「どこですか？　いえ？　私には何も見えませんけど……」

レナはユキナが指さした方角を見るが、何も感じることはできなかった。

しかし、ユキナの違和感は消えない。

何かがおかしいとユキナの感覚が警告する。

そしてユキナはその感覚を信頼していた。

常にそれに助けられてきた。

ロイにしつこく付きまとっていたのも、その感覚を得たからだ。

ゆえにユキナは目に力を込めた。

ユキナが頻繁に魔眼を使わないのは、祖母から無暗《むやみ》に使わないようにと釘《くぎ》を刺されているのと、その消費魔力の多さによる。

今のユキナにとって魔眼を発動させるのは、切り札を切ることに等しい。それでも使わなければいけない。躊躇《ちゅうちょ》はなかった。

そして、それは今回も間違ってはいなかった。

ユキナが違和感を抱いた一帯。そこに影が浮かび上がる。

〝星を閉じ込めた箱〟と評される美しいユキナの魔眼は、隠し事を許さない。

敵の存在を見つけたユキナは、そっと眼を閉じて、魔眼を解除する。

そして。

「レナさん、少し寒くなるわよ」

「は、はい！」

「魔剣――氷華閃《ひょうかせん》」

ユキナの剣が形を変える。

自らの剣を氷の魔剣に昇華させ、その一帯を凍らせたのだ。

一瞬で気温が下がり、レナは自分の体を抱きしめるが、すぐにそんな余裕はなくなった。

ユキナが違和感を抱いた一帯。

そこに巨大な魔物の姿が浮かび上がったからだ。

緑の体色で、足は前足のみ。蛇のような下半身を持ち、這《は》うようにして移動している。

その大きさは数十メートルほどもあり、その背には帝国軍の兵士たちが乗っていた。

「な、なんですか……？　あれ……」

「文献での知識だけど……タランタシオ……別名は擬態蛇。自ら吐き出す煙で周囲の風景に溶け込む魔物よ」

説明しながら、ユキナはタランタシオを睨《にら》みつける。

ユキナはそこにいる何かを凍らせる気で剣を振った。

しかし、タランタシオは凍らなかった。擬態を見破ることはできたが、タランタシオ自体は健在だ。

大きな魔物はそれだけで脅威となる。

「どうして帝国軍が魔物の背に……？」

「わからないわ。けど、バレた以上、こちらに来るわ。鐘を鳴らして！」

「は、はい！」

レナは敵襲を知らせる鐘を鳴らす。

それによって、学院全体が騒がしくなる。

だが。

「な、なんだあれは!?」

「どうして帝国軍が魔物と行動している!?」

「何が起こっているんだ!?」

教師たちはともかく、生徒たちに実戦経験はない。

あれほど大きな魔物を見たことがないうえに、帝国軍が魔物と行動を共にしているという異質さに動揺が走る。

それはレナも同様だった。

その間に帝国軍はタランタシオの背中に設置した大型の砲で、学院を砲撃する。

曲線を描いて、何発かが学院の防御魔法に着弾して、爆発する。

防御魔法のおかげで被害はないが、その衝撃と音で生徒たちは完全に委縮してしまう。

その間に帝国軍の一部がタランタシオの背から降りて、学院へと向かってくる。

このまま接近されたら勝ち目はない。

だから。

「狼狽《うろた》えるのはやめなさい!!　見なさい!!　敵の魔物は体が大きいだけ！　動きも遅い！　姿形に惑わされる必要はないわ！　私たちの相手は迫る帝国軍のみ!!　ここを抜かれれば首都が間近なことを思い出しなさい!!　必ず援軍が駆けつける！　それまで時間を稼ぐ役目は私たちにしかできない!!　今すぐ配置につきなさい！　敵を迎撃するわよ!!」

ユキナは声を発した。

そのまま物見塔から飛び降りて、迎撃地点へと向かう。

丘の上にある学院を攻める場合、敵が来る場所は限定される。

「全員城壁の上へ！」

指示を出しながらユキナは、周りを見渡す。

生徒の動きが鈍い。

初めての実戦という者がほとんどだ。

かくいうユキナとて、帝国軍と相対するのは初めて。

ただ、ユキナと周りの生徒は違った。

ユキナはいずれ来る実戦を明確に意識し、準備をしていた。

覚悟の差が動きに出ていた。

ユキナは自分も城壁へ上がると、帝国軍の動きに目を向ける。

帝国軍はここを素通りすることは無理と判断したのか、正門に向かって進軍を開始していた。

しかし、丘上にある学院の周囲は傾斜になっている。

しかも正門までは一本道。

帝国軍は盾を構えた重装歩兵を前面に展開し、ゆっくりとその一本道を進んでくる。

魔導科の生徒たちが恐怖に駆られ、魔法を放つが、すべて盾に防がれる。

お返しとばかりに帝国兵が隙間から魔導銃を撃ってくる。それは防御魔法に阻まれるが、生徒たちを恐怖させるには十分だった。

状況を察したユキナは、深く息を吸った。

現在、迫ってきている帝国軍は前衛部隊。

とにかく城壁に取りつくことが目的の部隊だ。

防御魔法は強力だが、限りがあるうえに入ってくる敵を拒むようなものではない。

内側に入られたら無意味となる。

すべてを把握したユキナは、自分にできることをやる決意を固めた。

それは。

敵に斬り込むこと。

「一人突っ込んでくるぞ!!」

城壁を飛び越えたユキナに対して、帝国軍の兵士が声を張り上げる。

そして盾の隙間から魔導銃を撃つが、ユキナは氷の壁をいくつも作って、魔導銃を防ぐ。

そのまま盾を持つ重装歩兵に肉薄すると、装甲の薄い関節部に剣を突き刺した。

ユキナの魔剣は氷の魔剣。

突き刺された兵士は、内側から冷気を流し込まれ、凍死してしまう。

狙いは盾を持つ重装歩兵。

剣を抜き、ユキナを仕留めようとする重装歩兵だが、ユキナの素早い動きについていくことができず、ユキナの魔剣の犠牲になっていく。

後ろにいた魔導銃を持った兵士たちも、ユキナに向かって銃を撃つが、ユキナはそれを軽く首を動かすだけで避《よ》けてしまう。

「見て避けた……!?」

「なんだ、こいつは!?」

「これ以上、好きにさせるな！　人数をかけろ!!」

指揮官が叫ぶが、元々、正門までの道は一本道。

大人数が展開できるスペースがないのだ。

しかもユキナの魔剣によって、次々に兵士は無力化されていく。

そして、ユキナは重装歩兵をすべて排除したことを確認すると、周囲にいた帝国兵を残らず氷漬けにして、その場を離脱した。

氷の彫像となった同僚の姿を見て、帝国兵たちの足が竦《すく》む。

城壁へ戻ったユキナは、そんな帝国兵へ向かって言い放つ。

「学生ばかりならば突破できるとでも？　馬鹿にするのはいいかげんにしなさい。ここはグラスレイン学院。三国の精鋭が集まる場所よ。この場にいるどの生徒も、あなたたちより強い。覚悟を持って挑んできなさい」

ユキナの言葉を聞き、生徒たちが声を上げた。

士気が上がったのを見て、帝国の指揮官は一時撤退を選択した。

ユキナは荒い息を整え、腕の震えを抑える。

とにかく敵を押し返した。

緒戦は学院の勝ちだ。

そう満足していると。

鐘が鳴った。

「さらに三体の魔物が‼」

その報告を聞いて、ユキナは少しだけ眉を顰《ひそ》めるのだった。

5

「敵を近づけさせては駄目よ‼」

ユキナは指示を出しながら、帝国軍の攻勢を跳ね返していた。

しかし、厄介なのはさらに現れた三体のタランタシオ。

これで四体のタランタシオから砲撃してくる状況になった。

学院の防御魔法は無敵ではない。

砲撃を受け続ければ防御魔法は消失する。

このまま、砲撃が続けば学院は砲撃によって蹂躙《じゅうりん》されるということだ。

どうにかしたいところだが、帝国軍が城壁に迫ってくるため、タランタシオに攻撃することもできない。

ユキナは幾度も正門に迫る帝国軍を撤退させていたが、同時に正門に足止めされてもいた。

攻め込まれているのは正門だけではない。

あちこちから帝国軍が攻め込んできており、教師陣と生徒たちが奮戦していた。

しかし、守るだけで精一杯。

これ以上、砲撃を好きなようにさせていたら防御魔法が消えてしまう。

焦るユキナだったが。

突然、敵の砲撃が空中で爆発した。

防御魔法に当たったわけではない。

学院内からの魔法が砲撃を迎撃したのだ。

「いやはや、やってみるもんだね！　できちゃった！」

迎撃したのは物見塔に登ったアネットだった。

自分の戦果に喜ぶアネットだったが、次の砲撃が来る。

それに対して、アネットは火球を放った。

ピンポイントで当てる精密さはアネットにはない。

空中に巨大な火球を放ち、その効果範囲の広さで砲撃を迎撃する。

「好き勝手撃てるのもここまでだよ！」

「アネットさん!!」

物見塔で胸を張るアネットに対して、ユキナは呼びかける。

自分の名を呼ばれたアネットは、不思議そうに下へ視線を向ける。

そこにユキナの姿を見つけたアネットは、笑顔で手を振った。

「やぁやぁ、ユキナさんじゃないか。やっほー」

「そこから敵の魔物狙える!?」

「えー……あそこはちょっとしんどいかも……」

ユキナに言われて、アネットは魔物との距離を確認して顔を引きつらせる。

だが。

「無理でもやって！」

「他人事《ひとごと》だと思ってー」

文句を言いつつ、アネットは魔物に向かって右手を向ける。

反撃の一手があると思わせれば、敵も下がらざるをえない。

そのことをアネットも理解していた。

ゆえに文句を言いつつも、アネットは魔物に狙いを定めた。

距離は相当ある。

砲撃も曲射だ。

届かせるだけで一苦労。さらに脅威と認識させる威力も必要だ。

それでも。

威力を抑えるよりは、アネットにとっては簡単なことだった。

「そっちばかりが遠距離攻撃できると思わないでよ!!」

アネットはこれまでの努力とは反対のことをした。

自分の全力で魔法を放つという行為だ。

そんなこと、学院は許可できない。

アネットが本気で魔法を放てば、たとえ遠くに撃っても被害が甚大だからだ。

しかし、今は戦時。

教師たちも止めはしない。

大きな的に向かってアネットは渾身《こんしん》の一撃を放った。

「当たれっ！　【火球】!!」

これまでとは比較にならないほど巨大な火球が出現し、魔物に向かって飛んでいく。

それは距離による減衰をものともせず、魔物の一体に見事命中した。

魔物は悲鳴をあげて、バランスを崩す。

それを見て、帝国軍は魔物を後退させた。

貴重な移動手段を失うわけにはいかないからだ。

それを見て、アネットは息を切らしながら告げた。

「炎の大家……！　ソニエール伯爵家の名をしっかり覚えて帰ってほしいな……!!」

「くそっ！　重装魔導鎧《まどうよろい》部隊!!　突撃しろ！　あの魔導師を狙え!!」

砲撃でもって学院の防御魔法を破壊するという方針を変更せざるをえなくなった帝国軍は、虎の子の部隊を投入した。

本来なら首都攻略用に取っておきたかった精鋭。

最新鋭の魔導鎧で身を固めた部隊だ。

命令を受けた部隊は、一気に正門まで突進する。

迎撃の魔法を物ともせず、正門近くまで近づくと、高く跳躍して城壁を飛び越えた。

「侵入されたわ！　アネットさんを守るわよ!!」

侵入したのは四人。

そのうちの一人にユキナは斬りかかる。

しかし、魔導鎧に身を包むのは帝国軍の精鋭。

ユキナの剣を自らの剣で受け止めた。

それだけで、ユキナは相手が手練《てだれ》の剣士であることを察した。

元々、それなりの腕の者が魔導鎧を着て、強化されている。

それが四人も侵入してきた。

ユキナはなんとか動きを封じようと、全員に攻撃を仕掛けるが、食い止められたのは二人だけだった。

残る二人は物見塔のアネットのほうへ向かう。

「食い止めて!!」

ユキナの指示を受け、魔剣科の生徒たちが斬りかかるが、走る魔導鎧兵を止めることができず、弾《はじ》き飛ばされる。

だが、二人のうち、一人は足が止まった。

魔剣科の生徒に止められたのではない。

「縛れ!!　【木糸《もくいと》】」

地面から生えてきた木によって、足を縛られ、バランスを崩したのだ。

魔導鎧は人の力では本来支えられない。

とにかくバランスが悪いのだ。

高速で移動している最中に、バランスを崩されると、すぐには体勢を立て直せない。

それをしっかりと見抜いたレナの魔法だった。

しかし、それで抑えられたのは一人だけ。

残る一人が物見塔に迫る。

アネットはそれを迎撃したかったが、周りを巻き込まない自信がなく、魔法を放てなかった。

そして。

「覚悟!!」

最後の一人が跳躍しようとする。

ユキナはさせまいとするが、相手をしている二人に阻まれる。

万事休す。

そう思われた瞬間。

「放て」

跳躍しようとしている最後の一人に無数の魔導銃が放たれた。

「ほう？　さすが最新鋭の魔導鎧。丈夫じゃな。放て」

感心しながらも第二射が発射され、無防備でそれを受けることになった最後の一人が倒れ込む。

「お父様!?」

「すまんな、レナ。遅くなった」

現れたのはライナス・ルヴェルとその麾下《きか》の者たちだった。

そして。

「ワシが来たからには安心せよ」

そう言ってライナスは笑うのだった。

6

いち早く学院に到着したライナスは、手勢を率いて帝国軍の攻勢が緩い場所から学院内に入った。

そのまま、最も敵の攻勢が激しい正門へと向かったのだ。

「城壁へ登れ！　帝国兵に自慢の魔道銃の味を教えてやるとよい!!」

そう言ってライナスは手勢を城壁に登らせた。

ライナスが率いた手勢は五百人。

そのうちの三百人が魔導銃を携帯していた。

闇の商人から購入したものだ。

良いものは使う。ライナスらしい選択だった。

「ルヴェル男爵！」

「おお、クロフォード嬢。ご無事でなによりだ。ロイからも頼むと言われているので、な」

「援軍感謝いたします。ロイ君は……」

「領地で休ませている。相当無理をして駆けたようだったからな。おかげで間に合った」

「そうですか……」

ユキナはひとまずロイが無事なことにほっと息を吐《つ》いた。

帝国軍は想像以上に近づいていた。

伝令に出たロイが襲われている可能性もあったのだ。

「ほかの諸侯もそろそろ動き出す頃合いじゃ。時間を稼げば勝てるぞ」

「だといいのですが……」

「何か懸念でも？」

「帝国はどういうわけか、魔物を従えています。それは常識的にありえないことです」

ユキナの言葉にライナスは頷《うなず》いた。

そして自分の予想が正しそうだとも感じていた。

魔物は魔族が作り出したものだ。

魔族が帝国に与《くみ》しているならば、この状況の説明がつく。

しかし、あえてライナスはそのことを伏せた。

言ったところでどうにもならないからだ。

やるべきことは一つ。

「考えるだけ無駄なこともある。今は少しでも時間を稼ぐ。それしかできん」

「そうですね……指揮をお任せしても？」

「承知」

■■■

ライナスが学院に入ったことにより、学院の防御は分厚くなった。

そのことは対峙《たいじ》している帝国軍が一番わかっていた。

「正門、突破できません！」

「裏門、攻勢に失敗いたしました！」

次々に入る報告に潜入部隊を率いる壮年の帝国軍司令官、バッハシュタインは目を瞑《つぶ》る。

バッハシュタインは南部の戦線で活躍した将軍であり、階級は大将。

いくつもの国を落とした功績のある英雄だ。

今回の大規模侵攻に際して、南部から呼び戻されて、この潜入部隊を任せられた。

すべては自分たちの働き次第。

ゆえにバッハシュタインは、タランタシオを使って学院を素通りする計画を立てた。

三国の精鋭が集まる学院の戦力を侮っていなかったからだ。

なにより。

「祖国を守らんとする若者は強いな……やはり、敵に回したのは間違いか」

三国同盟があるからこそ、学院は存在する。

その生徒たちは大公国の存在価値をよく理解している。

だからこそ、自分の国のために大公国を守る。

初陣《ういじん》で竦《すく》んでくれれば楽だったが、士気が上がってしまった。

勢いに乗った若者たちを止めるのは至難の業だ。

しかも確かな能力がある。

「報告!!　学院内にて現在指揮を執るのは、ルヴェル男爵とのことです!!」

「三国一の謀略家か。外から騎馬隊が学院に入ったという報告があったが……ルヴェル男爵だったか」

全軍をあげてでも止めるべきだったかと後悔しつつ、バッハシュタインは立ち上がる。

そして。

「私の魔導鎧を！　私が前線に出る！」

「はっ！」

学院内にたしかな戦術家が入ったならば、猶予はない。

時間稼ぎをされてはかなわない。

今すぐ攻めかかるしかないとバッハシュタインは判断したのだ。

そんなバッハシュタインの後ろに控えていた、黒いローブの人物が呟《つぶや》く。

「手助けはいるか？」

「いらん。これは帝国軍の戦だ。部外者は黙っていてもらおう」

「では、お手並み拝見といかせてもらおう」

黒いローブの人物はフッと笑うと、その場を後にする。

忌々《いまいま》しそうにその背を睨《にら》みつつ、バッハシュタインは魔導鎧を着て、自らの大剣を握ったのだった。


「なんだ!?　あいつは!?」

「止まらない!!」

正門。

そこでバッハシュタインは魔導銃や魔法をすべて剣で弾きながら、前進していた。

そして正門に取りつくと。

「貴様らだけの技術と思わんことだ……」

自らの魔力を剣へと込める。

そして。

「魔剣――爆流火《ばくりゅうか》」

魔剣化を行い、その莫大《ばくだい》な威力で正門を一撃で破壊した。

そのままバッハシュタインは壊れた正門を通って、学院の中へ入る。

すると。

「撃てぇ!!」

中で備えていた魔導科の生徒と、ルヴェル男爵麾下の魔導銃兵が一斉に射撃を開始した。

その一斉射撃をバッハシュタインは魔剣の一振りで防いでみせる。

「ルヴェル男爵とお見受けしたが……?」

「いかにも。そちらは?」

「帝国軍大将バッハシュタイン」

「南方戦線の英雄か。皇帝はさぞや三国に手を焼いているようだ」

「そのとおり。しかし、それも今日まで」

「それはわからんぞ?」

ライナスの言葉と同時にユキナがバッハシュタインに斬りかかった。

バッハシュタインはユキナの一太刀《ひとたち》を受け止めると、爆炎を浴びせようとする。

しかし。

爆炎はユキナの作り出した氷の防壁に防がれた。

「小賢《こざか》しい、氷の魔剣か」

「小賢しいかどうか……食らってみなさい」

ユキナは全力でバッハシュタインを凍らせにかかる。

しかし、バッハシュタインも全力でユキナを燃やしにかかった。

炎の魔剣と氷の魔剣。

ぶつかり合いは完全な互角だった。

「これでは埒《らち》が明かないな」

「どうかしら？」

ユキナはそのまま間合いを詰める。

そして、バッハシュタインに近接戦を挑んだ。

魔剣の特性を使うのではなく、純粋な剣技勝負に出たのだ。

「舐《な》められたものだ。私のような古参の将軍は元々、自らの力で栄達した。今はさらに魔導具の補助がある。勝ちは万に一つないぞ！」

「ペラペラと。舌を噛《か》むわよ」

ユキナは息継ぎすらせず、全力でバッハシュタインを攻撃していく。

その圧倒的な手数に、さすがのバッハシュタインも防戦に回らざるをえなかった。

しかし、バッハシュタインは冷静だった。

素晴らしい攻撃ではあるが、いずれ息が上がる。

無理をした代償に隙ができる。それを見極めればいい。

青いな、とバッハシュタインは笑う。

戦場で最も大事なことは死なないこと。つまり防御こそが大切だ。

攻撃だけでは格上には勝てない。

そしてバッハシュタインの予想通り、ユキナは限界がきて、一瞬だけ動きが止まる。

その隙を逃さず、バッハシュタインは剣を振るった。

「貰《もら》った!!」

確実に入る一撃。

そのはずだった。

しかし、ユキナはその一撃を間一髪で躱《かわ》し、バッハシュタインの剣を自らの剣で抑えた。

「なに……?」

避《よ》けられるはずがない。そう思ったバッハシュタインの目に、ユキナの目が映った。

黄金の瞳。さきほどまでとは瞳の色が違う。

魔眼、天狼眼《シリウス・アーク》。

すべてを見切る眼によって、自らの攻撃を避けたのだとバッハシュタインが察したとき。

「攻撃の瞬間は隙だらけね」

ユキナがそう呟いた。

バッハシュタインの背後にはアネットが回り込んでいた。

「一騎打ちなんて言った覚えはないよ？」

「くっ！」

アネットは遠慮せず、バッハシュタインに対して火球を放った。

すでに学院内に侵入を許した以上、学院に配慮する必要はない。

考えることは味方を巻き込まないこと。

その点もユキナが一気に攻勢に出たことで、味方との距離ができて解決していた。

バッハシュタインは咄嗟《とっさ》に対応しようとするが、ユキナにカウンターを仕掛けたことで対処が遅れてしまう。

剣で防ぐことができず、魔導鎧の性能を信じて、火球を受けるしかなかった。

爆発の瞬間、アネットとユキナは同時にバッハシュタインから離れる。

だが、二人に油断はない。

「ありゃりゃ……帝国軍の大将って強いんだねぇ」

「ええ、想像以上だわ……」

火球を完璧に食らったバッハシュタインだったが、致命傷は避けていた。

魔導鎧で大部分を防ぎ、軽い火傷《やけど》を負っている程度。

まだまだ健在だった。

「さすがは三国の逸材が集まる学院……大した威力だ」

バッハシュタインはそう言いながら、焦げて役に立たなくなった胸当てを強引に外す。

もはや魔導鎧としての機能は消失しており、ただの重い鎧と化していたからだ。

しかし、その程度で済んだ。

普通の鎧では防ぎきれなかっただろう。

「育ち切る前にここで斬っておくのが帝国のためか。ルヴェル男爵と共にその命、貰い受けよう」

「劣勢なのはあなたよ？」

「同じ手は二度食わん。魔眼を発動したとき、魔剣化は解除されていた。同時発動はできまい。わかっていれば、いくらでも対処のしようはある」

そう言ってバッハシュタインが笑ったとき。

バッハシュタインの後ろから伝令兵がやってきた。

そして、何かがバッハシュタインに耳打ちする。

バッハシュタインは驚いたように目を見開くが、すぐに頷《うなず》くと踵《きびす》を返した。

「あれ？　帰るの？」

「事情が変わった。許せ、若き逸材たち。これからはただの虐殺だ」

そう言ってバッハシュタインは部下と共に引き上げていく。

学院の生徒たちは敵を追い払ったことに歓声をあげたが、すぐに敵が引き上げた理由を知り、黙り込んだ。

帝国軍は学院のことを無視して、進軍を開始した。

その代わり。

周囲を埋め尽くさんばかりの黒い狼の魔物が学院を取り囲んでいたのだった。

7

「なんじゃあれは……」

ライナスは学院を取り巻くようにして出現した黒い狼を見て、思わず呟いた。

それまで影も形もなかったのに、気づけば包囲されている。

常識の通じない出来事に、少しだけあっけに取られてしまう。

ただ、頭は働いていた。

帝国軍は急ぎ、首都への進軍を開始した。

学院は魔物に任せるつもりなのだ。

状況を考えれば、魔物と帝国軍は連携を取っている。そして魔物に任せて、首都に行かねばならなくなった理由は、急いで首都を落とさなければいけなくなったから。

元々、帝国軍の動きは早かった。

常に三国は後手後手に回っていた。

この学院で足止めを食らったにしても、大した時間ではない。

仮にここで一日、足止めを食らっても、なお帝国軍には余裕があるはず。

それなのに急いだ。

なぜか？

想定外のことが起きたからだ。

では、想定外のこととは？

そんなものは決まっている。

陽動に動いた帝国軍が襲撃されたのだ。

つまり、もう少しで剣聖が来る。

それがわかっていたライナスは、声をあげようとした。

しかし。

「奮い立ちなさい!!　たかが魔物程度!!　幾度も実習で相手をしたはず!!　数の多さに惑わされず、迎撃態勢を!!　帝国軍だろうと！　魔物だろうと！　私たちがやることに変わりはないわ!!」

先にユキナが声をあげた。

そのことにライナスは目を丸くする。

なぜならライナスは確実に援軍、しかも最強の剣聖が来ることをわかっている。

そんなライナスですら、目の前の魔物の大群に少しだけ圧倒された。

だが、ユキナは剣聖が来るという情報を知らない。

それなのにユキナはライナスより先に立ち直り、周りを鼓舞した。

ライナスはその事実に苦笑した。

さすがはロイが傍《そば》にいることを許しただけはある、と。

ロイは認めてない誰かが傍にいることを嫌う。本気で付きまとわれるのが嫌なら、どんな手を使っても引き離そうとするはず。

そうではないということは、認めて、多少なりとも気に入ったということ。

話を聞いたとき、珍しいこともあるものだと思ったが、たしかにとライナスは納得した。

剣士としての実力はさておき、ユキナは覚悟という点ではすでに一流の域にある。

覚悟を決めているから、動じず、やるべきことをやれる。

「さすがは剣聖を目指すというだけはあるのぉ」

感心しつつ、ライナスは城壁へ登る。

黒い狼たちはゆっくりと学院へ向かってきている。

そのさらに向こう。

黒いフードの人物を確認したライナスは、すぐにその人物が元凶だと察した。

いきなり魔物が現れるわけがない。何かしたに違いない。

けれど、その何かがわからない。

「やはり魔族か……」

文献だけの存在。もはや神話にだけ出てくる伝説だ。

かつての大陸の支配種。魔物を生み出したというだけで、その力の恐ろしさがよくわかる。

だが。

「とにかく近寄らせるでない!!　魔法と魔導銃を交互に放ち、射撃に穴を作るな!!」

まともにやり合う必要はない。

とにかく時間を稼げば。そう考えての指示だった。

しかし、それは悲鳴によってかき消される。

「きゃぁぁぁぁぁぁっっ!!!!」

生徒の悲鳴。

振り返ると、学園の中に魔物が出現していた。

それは二メートルを超える狼男《おおかみおとこ》。長い手足の先には鋭い爪がある。

その狼男の目が自分に向いていることを察し、ライナスは急いで城壁を降りた。

あれは指揮官を狙った刺客。城壁の上にいては、生徒たちが巻き込まれる。

そう思っての行動だったが、元々、足の悪いライナスは動きが遅い。

城壁を降りた時点で、狼男はライナスの前に先回りしていた。

「くっ……！」

ライナスは剣を抜くが、狼男が腕を振るっただけで剣は半ばからへし折られた。

そこら辺の魔物とは一線を画する。

やられる。

そうライナスが思ったとき。

「お父様！」

ライナスと狼男の間にレナが割って入った。

「レナ⁉」

咄嗟にライナスはレナを退《ど》けようとするが、その前に狼男の腕が振り下ろされる。

しかし。

「吹き回れ【渦風《うずかぜ》】」

渦を巻いた風がライナスとレナを囲む。

風の防御魔法。

本来なら強固な防御だ。人間が素手で触れれば、手は傷だらけになってしまうだろう。

しかし、狼男は構わず風の渦に手を突っ込んだ。

「くっ……！」

レナは渦の勢いを強めるが、狼男は徐々に右腕を渦の中に侵入させていく。

人間相手には十分な防御魔法も、狼男相手では時間稼ぎにしかならない。

迫る狼男の爪を見ながら、レナは悲鳴をあげそうになるのを必死に堪《こら》えた。

実戦らしい実戦は今回が初めて。自分の命が危機に晒《さら》されるのも、初めて。

緊張と恐怖で息が荒くなる。それでもレナは魔法を切らさない。

切らせば死ぬ。自分も、そして父も。

死。死。死。死。

それを強く認識した瞬間。

レナの体が一瞬だけ光り輝いた。

それはほんの一瞬で、かつ渦巻く風の中にいたレナをしっかりと見ていた者などほとんどいない。

しかし、それはたしかに起こった。

光った後、風の防壁は消え去り、レナはフッと意識を失った。ライナスは慌ててレナを抱きとめた。

「レナ!?　レナ!?　レナ!!」

その隙を逃す狼男ではなかったが、狼男も無事ではなかった。

レナの光に晒された右腕が完全に消滅していたのだ。

風の防壁に手を突っ込んだから。周りはそう解釈したが、そうではない。レナの光で、完全に消滅させられたのだ。

本能的に体を引いたからこそ、腕だけで済んだ。もっと近くにいれば腕だけでは済まなかっただろう。

狼男は自ら半ばまでなくなった腕を切り落とし、そのまま肩口から腕を再生させる。

ただの魔物ではありえない再生速度だ。

腕の喪失程度では、止まる理由になりえない。

その理不尽さにライナスは唇を噛《か》み締《し》めつつ、レナを担いでどうにか距離を取ろうとする。

しかし、足の悪いライナスでは上手《うま》くいかない。

どうしてこの足は上手く動かないのか？

苛立《いらだ》ちながら、ライナスは迫る狼男からレナを庇《かば》うようにして抱く。

だが。

狼男の爪を割って入ってきたユキナが受け止めた。

「お下がりください……！　ルヴェル男爵……!!」

「無茶《むちゃ》をするでないぞ！」

ライナスとて多少の剣の心得はある。

そのライナスから見て、狼男の強さは異常だった。

いくらユキナでも危ない。

そう察しての言葉だったが。

「私は大丈夫です。ご心配なく。私は剣聖になる女です。ここで魔物ごときに後れを取ったりはしません」

そう言うとユキナは狼男と戦い始めた。

狼男も気絶したレナやライナスよりも、ユキナのほうが危険だと判断したのか、ユキナとの戦いに集中し始めた。

ユキナは狼男の足を凍らせ、その隙に斬りかかるが、狼男には浅い傷しかつけられない。

お返しとばかりに狼男は長い腕を振って、ユキナを吹き飛ばす。

城壁に叩《たた》きつけられたユキナは、顔をしかめながら膝をつく。
無事だったのは、ちゃんと反撃を想定して防御を意識していたから。
しかし、防御の上からでもダメージを負わされた。
体中が痛み、意識が朦朧《もうろう》とする。
その間に狼男が間合いを詰めてくる。
まずいと思ったとき。
自然とユキナは前に出ていた。
狼男の腕が頬を掠《かす》るが、ギリギリで躱《かわ》した。
そしてユキナは渾身《こんしん》の突きを放った。
だが、それは横腹を貫通しただけ。
まだ狼男は動ける。
心臓を狙わなかったのは、胸の防御のほうが厚いと判断したから。
その分、致命傷にもならない。
にもかかわらず、ユキナは笑った。
「攻撃が効かないと思って……油断したわね」
狼男はユキナに攻撃しようとするが、それは叶《かな》わなかった。
ユキナの魔剣が内側から凍り付かせたからだ。
一度、攻撃が通じなかったため、狼男はユキナの攻撃に注意を払わなかった。

それが勝負の分かれ目だった。
外から凍り付かせることができなくても、内側からなら凍らせることができる。
魔物とて生き物だからだ。
剣を引き抜き、ユキナは膝をつく。
「はぁはぁはぁ……」
荒い息を吐きながら、ユキナは何とか顔を上げる。
その瞬間、さらに二体の狼男がユキナの前に現れた。
それに驚きつつも、ユキナは立ち上がった。
「来なさい……！」
自分が引き付けている分だけ、周りの者は外の魔物に対処できる。
いくらでも足掻《あが》いて、一秒でも引き付けてやる。
しつこさと諦めの悪さなら自信があると思いながら、ユキナは剣を構えた。
だが、その剣が狼男に届くことはなかった。
空から降ってきた男が二体の狼男の首をあっさり斬り落としたからだ。

8

「逆にすればよかったか……？」

俺は剣聖として走りながら呟《つぶや》く。

すぐに転移すればいいと頭の中の自分がささやくが、そんなことをすれば剣聖も転移ができることになってしまう。

転移は大賢者の特権。剣聖はあくまで高速で移動できるだけ。

その前提を崩すことはできない。

ゆえに、逆にすればよかったと後悔が出てくる。

剣聖として四十万を相手にしていれば、大賢者として学院に駆けつけられた。

今更言ってもしょうがないことだが。

とにかく無心で走る。

四十万を迎撃してから、それなりに時間がかかっている。

いまだ剣聖が駆けつけてないのは自然なことだ。

だが、四十万の帝国軍が動いていたということは、潜入部隊も動いている。

一番の心配は四十万の帝国軍が迎撃されたことを、潜入部隊が知ること。

完全な不意打ちで軍の大部分を攻撃したから、潜入部隊に連絡を取る手段があったとしても破壊されてるはずだ。

けれど、もしかしたら生き残りの中にその手段を持つ者がいたかもしれない。

とはいえ、ちまちまと残敵掃討をしている時間はなかった。

普通、連絡手段は指揮官の近くにある。

問題ないと思いたいが、万が一、連絡手段が生きていた場合、潜入部隊は陽動失敗の報告を受けるだろう。

まぁ、あの大惨事の後に冷静に潜入部隊へ報告できる者が何人いるか、という話ではある。

まずは状況の整理、軍の立て直し。追撃を避けるために撤退。

それから報告だ。タイムラグが必ず発生する。

大丈夫だと思いたいが、もしも潜入部隊が報告を受けたら、全力で学院を落とすだろう。

とにかく首都を落とさなきゃ駄目だからだ。

そんなことになっていてくれるな、と心の中で呟きながら、俺はひたすら走る。

■■■

「見えた!!」

学院はいまだに健在。

防御魔法も生きているし、外に向かって魔法も放たれている。

しかし、様子がおかしい。

戦っているのが帝国軍ではなく、大量の魔物だ。

しかも学院から遠ざかるように大型の魔物に乗って、帝国軍が移動している。

「何がどうなっている……」

呟きながら、俺は両腰の剣を抜いた。

そのまま目いっぱい跳躍して、空から学院を目指す。

状況は外から魔物の大群。中にも何体か魔物が侵入している。

その中でも目を引くのは狼男と戦うユキナの姿だった。

かなり危うい勝負をしているが、どうにか狼男を倒して、立ち上がっている。

そのことに一安心しつつ、俺は立ち上がったユキナに迫る二体の狼男に狙いを定める。

真っすぐ降下し、すれ違いざまに首を落とす。

だが、侵入している魔物はこいつらだけじゃない。

俺は右手の剣を鞘《さや》にしまい、後ろにいるユキナを引き寄せる。

「掴《つか》まっていろ」

ユキナを片手で抱きかかえるようにして、俺は学院内にいる魔物の排除に動く。

高速で移動しながら、空から確認した魔物たちを瞬時に斬り伏せる。

そして。

俺は正門の城壁で動きを止めた。

驚くユキナをそっと降ろし、おそらく魔物を操っているだろう黒いローブの人物に目を向ける。

そのローブの人物はジッと俺を見つめたあと、口を開いた。

「……名は？」

「アルビオス王国七穹剣《しちきゅうけん》第一席――剣聖クラウド。三国の盟約に従い、馳《は》せ参《さん》じた」

「大賢者が四十万の帝国軍を迎撃したというのは誤報ではなかったか……」

俺がここにいるということは、帝国軍の陽動が機能していないということだ。

そのことにフッと笑ったあと、その人物はローブを脱いだ。

金髪に尖《とが》った耳、そして色白の肌。

輝く金色の瞳に、顔に浮かんだ特徴的な紋様。

そこには文献にしか出てこない魔族の特徴に合致する男がいた。

「やはり下等な人間は何人集まろうと役に立たんか」

「その口ぶりからするに、魔族か？」

「いかにも。私は魔族のクラルヴァイン。故あって帝国に協力している」

「伝説上の存在が帝国に協力する理由は気になるが……」

俺は言いながら鞘にしまった剣を再度引き抜く。

話している間も、黒い狼の魔物はゆっくりと学院に近づいてきている。

尋問をするならこいつらを排除したあとだ。

「今日は上古の遺物と会話をしに来たわけではないのでな」

「たかが人間が……調子に乗るな」

クラルヴァインが手を振ると、一斉に黒い狼が走り出した。

それに対して、俺は正門前の黒い狼たちを瞬殺し、そのまま学院を一周するように走り出す。

走りながら、両腕の剣を振り続け、黒い狼たちを始末していく。

数だけは多いが、単体の能力はそこまではない。

だが、放置すれば学院を襲う以上、一匹も放置できない。

すべての黒い狼を倒し終えた俺は、正門前へと戻ってくる。

そして。

「さて……これで少しは時間ができたか。殺す前に聞いておこう。数千年もどうやって生き長らえたのか聞いてもいいか？」

「やはり時というのは恐ろしい……人間どもに植え付けたはずの恐怖が消え去ってしまうのだからな」

そう言ってクラルヴァインは腕を振った。

すると、クラルヴァインの影がどんどん大きくなっていく。

そこから出現したのは赤い竜だった。

しかし、世間で知られている竜とは違う。

二足歩行だし、体長もせいぜい三メートルくらい。

鎧《よろい》を着た竜といったところか。

その手には剣が握られている。

「私の得意分野は魔物の創造。私の傑作、竜闘士ファフニールは人間程度には……」

意気揚々と語るクラルヴァイン。

そのクラルヴァインの背後に回った俺は、その腹部を剣で貫いた。

魔物の創造が得意分野ということは、研究者ということだ。

本人の戦闘力は大したことないんだろうと思ったが、案の定だったな。

貴重な魔族。できれば、いろいろと聞き出しかったが、何体も魔物を出されては面倒だ。こういう奴《やつ》はさっさと始末するに限る。

「かはっ……」

「言ったはずだが？　会話をしに来たわけじゃない」

剣を引き抜き、俺は竜闘士と向き合うのだった。

9

特に忠誠とかそういうものはないんだろう。

主《あるじ》を刺した相手に怒ったということもなく、竜闘士は悠然と佇《たたず》んでいた。

そして俺と視線が合う。

そこで初めて竜闘士が動いた。

おもむろに剣を振り上げ、勢いよく振り下ろしてきた。

俺はそれを一本の剣で受け止めたが、思ったよりも重い一撃だったため、もう一本の剣も使って、両手で受け止める。

「両手で受け止めるなんて……いつぶりだ？」

たしかに傑作というだけはある。

こいつは強い。俺と一騎打ちができる奴はそういない。

竜闘士は力任せに押し斬ろうとしてくるが、俺はフッと力を抜いて、その剣を受け流す。

地面に叩《たた》きつけられた竜闘士の剣は、大きく地面をえぐる。

その隙に俺は首を狙うが、竜闘士は巨体に似合わないフットワークの軽さを見せ、俺の一撃を回避した。

攻撃を避《よ》けられるというのも久々のことだ。

いつもは大抵、一撃ですべて終わる。

そのことに俺は自然と笑みがこぼれた。

「面白い……それならこれはどうだ？」

左右の剣を大きく広げ、俺は連続攻撃を仕掛けた。

竜闘士は巨大な剣を器用に動かし、俺の連撃を防いでいく。

しかし、徐々に対応が遅くなる。

余裕がなくなり始めたのだ。

その隙を見逃さず、俺は左右の連続攻撃から突然、突きに切り替えた。

予想外の攻撃。

竜闘士は咄嗟《とっさ》に後方へ下がることで、突きを回避した。

俺と物理的距離を取ることで、突きの攻撃範囲外に逃れたのだ。

だが、そのせいで無防備な体を晒《さら》している。

追撃の好機。

そう思って、俺は踏み込む。

その瞬間。

「おっと」

竜闘士は口を大きく開いて、火を吹き出した。

前に出ようとした体を無理やり横に移動し、クルリと一回転して、俺は火を回避する。

さすがに竜闘士というだけはある。

竜の特徴はちゃんと持っているらしい。

だが。

「同じ手は二度も通じないぞ？」

体を横に回転させ、竜巻のように俺は竜闘士へと迫る。

遠心力を利用して、強い一撃を放ち、受け止める竜闘士の剣を弾《はじ》きにかかる。

受け止めることはできるが、その受け止める剣が一撃ごとに弾かれるため、徐々に竜闘士は後退せざるをえない。

どんどん勢いに乗り、俺は一撃の力を強めていく。

そして耐えきれないと察したのか、竜闘士は攻撃に転じる。

両手で剣を構え、真っすぐ振り下ろしてきた。
シンプルだが、威力は高い。
とにかく俺の攻撃を止めたかったんだろう。
しかし、足りない。
俺はフッと体を浮かし、その攻撃を躱《かわ》す。
そのまま俺は竜闘士の剣の上に着地した。
「さぁ、どうする？」
敵は正面。武器は使えない。
その状況で竜闘士は再度、火を吐くことを選んだ。
そのことに俺はつまらなさを感じつつ、吐き出された火を切り裂いた。
「通じないと言ったぞ？」
俺は前に出て竜闘士の首を狙う。
だが、さすがに竜闘士もそう易々《やすやす》と首はくれない。
俺が攻撃した瞬間、無理やり体勢をずらした。
そのため、首が遠ざかる。
このままだと致命傷は与えられない。
俺は狙いを変え竜闘士の右腕を切断した。
ボトリと太い腕が地面に落ちて、竜闘士は呻《うめ》きながらよろけた。

これで次はない。
十全の状態で防げないのだ。片手で俺の攻撃を防げるわけがない。
竜闘士もそれがわかっているのか、俺から距離を取り始める。
戦意を失った相手を殺すのは忍びないが、放置すれば誰かに危害が及ぶ。
ここで始末するしかない。
無感情に俺はゆっくりと間合いを詰める。
そして俺の攻撃圏内に竜闘士が入った瞬間。
「うぉぉぉぉぉぉ!!!!」
一騎の騎馬が俺に突撃してきた。
その出で立ちから帝国軍の将軍だろう。
馬上から剣を振るい、俺の首を狙う。
近づいてきていたのは気づいていた。
放置したのは、竜闘士を相手するほうが重要だったから。
そして将軍が何をしようと変わらないから。
俺は将軍の剣に自分の剣をぶつける。
それだけで、将軍の剣は真っ二つに折れてしまった。
「剣を斬るとは……これが剣聖か……」
感心しながら将軍は折れた剣をなおも構えた。

引き返してきたのはいい判断だ。

俺が来た以上、首都に向かう途中で確実に仕留められる。

ここで戦力を集中させることが唯一の勝ち筋ではある。

か細い勝ち筋だが。

「諦めろとは言わないが……せめて武器を替えてこい」

「その間にその魔物を殺すはず。それでは困るのだ」

「では、どうする？」

「帝国軍大将バッハシュタイン!!　参る!!」

馬を走らせ、バッハシュタインは突っ込んでくる。

どうして帝国軍の将軍はどいつもこいつも覚悟が決まっているのか。

ため息を吐《つ》きつつ、俺はすれ違いざまにバッハシュタインを突き刺す。

いや、正確にはバッハシュタインが馬から飛び降り、突き刺されに来た。

「これで一本……」

「もう一本はどうする？」

深々と剣を刺されたバッハシュタインは血を吐きながら、俺の腕を摑《つか》む。

自分を犠牲にしてまで俺の右手を封じた。

けれど、俺には左手がある。

だが、その好機を逃さず、竜闘士が動いた。

片手で剣を振り下ろしてきたのだ。
それを俺は左手の剣で受け止める。
これで両手が塞がった。
そして。
「……撃てぇぇぇぇぇ!!!!」
バッハシュタインの叫びと同時に帝国軍による一斉射撃。
そして俺に向けた砲撃が始まったのだった。

10

帝国軍の攻撃に対して、俺は竜闘士の剣を押し返し、左手一本で対処した。
自分に迫る弾だけ弾き落とす。
だが、迫ってきているのは魔導銃の弾だけじゃない。
砲撃もだ。
距離があるため、狙いは大雑把《おおざっぱ》だ。
しかし、そのうち当たるだろう。
俺の動きを抑えていた竜闘士は巻き添えを食らい、すでに下がっている。
ここに留《とど》まる理由もない。

俺はバッハシュタインの体に刺さった剣から手を離すと、その首根っこを掴んで、その場を離れた。

すると、今までいた場所に砲撃が着弾した。

土煙が上がり、帝国軍の射撃と砲撃が止《や》んだ。

「さすがの剣聖といえど……逃げるしかないか……」

バッハシュタインは血を吐きながら笑う。

自分たちの攻撃が効果的だと判断したんだろう。

それには何も答えず、俺はバッハシュタインから剣を引き抜く。

傷口から血が噴き出し、よろよろとバッハシュタインは下がっていく。

だが、倒れることはない。

「無敵ではないのだ……剣聖とて……」

「確かにその通りだ」

「斬れば死ぬ……撃てば死ぬ……帝国軍!!　奮い立て!!　白の剣聖の不敗は……今日こそ我らが終わらせる!!!!」

死にかけの将軍の呼びかけに対して、土煙の向こうから帝国軍が雄叫《おたけ》びで応じた。

そして帝国軍は一歩ずつ前進を始めた。

さらに。

「おやまぁ……」

前進する帝国軍の周りにどんどん魔物が出現し始めた。

見れば、さきほど刺した魔族、クラルヴァインが起き上がっていた。

辛《つら》そうな表情を見る限り、深手なのは間違いないだろう。

それでも起き上がり、無数の魔物に加えて、さらにもう一体の竜闘士を出現させている。

死ぬ前の最後のあがきというやつか。

それを見て、さらに帝国軍の士気が上がった。

後ろでは大型の魔物も前進を開始している。

行けるぞ、という雰囲気が伝わってくる。

「大公国の首都は惜しいが……剣聖の首のほうが帝国にとっては有意義だろう」

「気になっていたんだが、なぜそこまで帝国に忠義を尽くす？」

「わからんだろうな……食料の少ない土地に生まれた我らは……外に出るしかなかった……陛下は帝国臣民のために……侵略者の汚名を被《かぶ》ったのだ……」

「立派だな。しかし、いまだ侵略を繰り返す理由にはならない。すでに十分豊かだろうに」

「走り出した国は止まれん……一つ国を落とせば、さらにもう一つ……すべての国を傘下に収めるまで……帝国は止まらん……」

「そちらにはそちらの考えがあるか。正義だ、悪だ、というつもりもないが……こちらにも抵抗する権利がある」

俺はゆっくりと右手の剣を前に出す。

ここで大公国が落ちれば、大公国の民は王国と皇国を攻める先兵とされるだろう。

止まれない理由はそれだ。

怨嗟《えんさ》が自分たちに向くことを避けるため、さらに敵対者を作り出す。

止まれば何もかも崩壊しかねない。

それでも帝国は止まるべきだが、今の皇帝はそれをしない。

若くして皇帝に即位した現皇帝は戦しか知らないからだ。

個人の欲なのか、それとも何か事情があるのか。

俺にはわからない。

けれど。

「個人に阻まれるような国は大陸制覇に相応《ふさわ》しくはない。いずれ反乱で滅びるだろう。ここで足を止めておけ」

「だからこそ……我らは貴様を……討つのだ‼」

もはやまともに動かないだろう体を気力だけで動かし、バッハシュタインは俺に拳を振り上げてきた。

その拳を俺は一歩下がって躱すと、フラフラと倒れそうなバッハシュタインに告げる。

「その気概だけは認めてやる。冥土の土産《みやげ》にオレの魔剣を見せてやろう」

右手の剣に魔力を込める。

そして俺は静かに告げた。

「魔剣――絶空《ぜっくう》」

俺の剣は真っ黒な黒剣へと変化する。

一見、それ以外になんの特徴もない平凡な両刃の片手剣。

俺はそれを一振りする。

斬撃を受けたバッハシュタインは目を瞑《つぶ》るが、なんの変化もない。

そのことにバッハシュタインは笑う。

「剣聖の魔剣はなまくらか……」

「たしかになまくらかもしれん。こいつは魔剣と呼ぶには少々、相応しくない」

バッハシュタインの後方。

前進する帝国軍と出現した無数の魔物たち。

そこに黒い亀裂が生まれていた。

それは徐々に広がると、周囲を呑《の》み込《こ》み始める。

異変に気づいたバッハシュタインは後ろを振り返る。

「なん、だと……？」

「空間を裂く魔剣。剣技も何もあったもんじゃないのでな。あまり好みではない」

亀裂は貪欲なまでに周りのものを吸い込んでいく。

帝国兵が耐え切れず、悲鳴をあげてどんどん呑み込まれていく。

それは大型の魔物も同様だ。

何とか踏み留まろうとするが、その巨体であっても耐えることができず、亀裂へと吸い込まれていく。

どういう仕組みになっているのか、亀裂より体の大きい大型の魔物が一体、亀裂に吸い込まれた。

もはやなんでもありだ。

そのことに驚愕《きょうがく》しながらバッハシュタインは膝をつく。

そして気力の絶えたバッハシュタインも亀裂へと吸い込まれていくのだった。

何とか耐えているのは、二体の竜闘士に支えられている魔族のクラルヴァインだけ。

それも時間の問題だろう。

徐々に吸い込まれている。

「貴様は……何者だ……？　人間がなぜ、これほどの……!?」

「知らずに来たのか？　教えてやろう。オレは白の剣聖。アルビオス王国の守護神だ」

俺は絶空をさらに一振りする。

それだけで、二体の竜闘士は真っ二つになった。

空間を裂くこの魔剣に防御は関係ない。もちろん距離も。

視界にいるかぎり、すべてが一撃必殺の射程圏内だ。

「馬鹿な……馬鹿な!!!!」

クラルヴァインは叫びながら亀裂へと呑み込まれていった。

無数の魔物も帝国軍も、大型の魔物も。
すべてが亀裂に呑み込まれたのを確認し、俺は絶空の力で亀裂を閉じた。
これで帝国軍の潜入部隊はすべてだろう。
俺は剣を鞘《さや》に納めると、学院の正門へと移動する。
そして。
「盟約は果たした。オレはこれで失礼する。陛下への報告があるのでな」
それだけ告げると、俺は急いでその場を離れる。
やることが山ほどあるからだ。
剣聖として国王に報告。
大賢者として蔑《ないがし》ろにした皇王への説明。
そして領地へ戻って、ロイとして学院への帰還。
「やれやれだな、まったく」
呟《つぶや》きながら俺は王国へ向かったのだった。

11

帝国軍襲来。

その一報に混乱した大公国の首都ではあったが、剣聖の活躍もあって無事、事なきを得た。

それから数日後。

首都の王城には王国より、タウンゼット公爵が派遣されていた。

経緯説明のためだ。

「――そういう次第で、我が国は大賢者に四十万の帝国軍を任せ、剣聖を派遣した次第です。時間がない中での決定だったため、大公国への連絡が遅れたこと、深くお詫び申し上げます」

同盟国でも一人で一国を容易《たやす》く滅ぼせる戦力を許可なく派遣したことを王国は謝罪した。

とはいえ、謝罪は形式上のもの。

自国の防備を捨ててまで助けたという事実を、周知するためにタウンゼット公爵は派遣されたのだ。

それを見ながらロイの兄、リアム・ルヴェルは呟く。

「決断したのは王であり、重臣のほとんどは反対したという話なのに、まるで自分たちの手柄のようではないか……」

「余計なことを言うな。経緯はどうあれ、王国の決断に我らは救われたのだ」

外務大臣補佐官であるリアムに対して、上司である外務大臣が注意する。

リアムは不満そうにしつつも、謝罪する。

「申し訳ありません……」

「我らが陛下はまだお若い。今は王国の貴族たちとは揉《も》めたくはない」

事の詳細はすでに大公国にも伝わっていた。

人の口に戸は立てられない。

重臣たちの大半が、剣聖の派遣に反対し、大公国を見捨てようとしたことは知られていた。

そこを国王が独断で剣聖派遣を決め、実際、すべてが上手《うま》くいった。

だからこそ、国王への感謝はあれど、国王に反対した重臣の一人であるタウンゼット公爵への感謝はなかった。

とはいえ、相手は王国の代表。

邪険に扱うわけにもいかない。

「承知した。我が国のためにご尽力いただき感謝している。国王陛下にもそうお伝えしてほしい」

玉座に座るのは茶色の髪の無表情な青年。

年は二十歳《はたち》。

名はナイジェル・ヴァン・ベルラント。

父が隠居したため、大公国を背負う若き公王だ。

「かしこまりました」

タウンゼット公爵が恭しく一礼する。

これでひとまず会談は終了。

その予定だった。

「しかし、災難でございましたな。陛下」

「たしかに災難ではあったが、剣聖殿、大賢者殿の力を改めて認識する良い機会にもなった」

「まったくです。私たちですら驚いております。しかし、今回はお二方だけではなく、学院の生徒の奮闘も光りました」

「その通りだ。貴国の生徒たちも残り、戦ってくれた。さすがはアルビオス王国の民だ」

ナイジェルはタウンゼット公爵の話に付き合い、生徒たちを褒める。

自分の息子は早々に国境へ避難したくせに、よくその話を持ち出せるものだとリアムが思っていると、タウンゼットは笑顔で告げた。

「お褒めにあずかり光栄です。大公国の生徒たちも目覚ましい活躍だったとか。ただ……ルヴェル男爵のご子息は早々に逃げてしまったとか。英雄の子が英雄でないのは残念でしたな」

リアムの顔が一気にひきつった。

それに気づいた外務大臣が静かに伝える。

「堪《こら》えろ」

「わかっております……」

リアムは深呼吸をして、自分を落ち着かせる。

ここは大事な会談の場。補佐官程度が口を挟んではいけない。

自分にはルヴェル男爵家の評判を改善するという目標がある。

そのために今まで真面目《まじめ》に城で務めを果たしてきた。

ルヴェル男爵家の評判は良くない。

そのせいで幾度も頭を下げてきたし、幾度も悔しい思いをしてきた。

耐えてきたのは弟や妹にこんな思いをさせたくないからだ。

だからリアムはぐっと唇を噛《か》んだ。

しかし。

「妹を置いて逃げたとか。正直、学院に席を置く生徒としてはあるまじき行為ではありませんか？」

自分の中で何かが切れたのを感じながら、リアムは前に出ていた。

外務大臣の制止の声が聞こえるが、構うものか、という思いが溢《あふ》れていた。

「少し……お待ちいただきたい」

補佐官として後ろに控えていたリアムはどんどん前へ進み出る。

許可もなく、会談の場での発言。

許されることではない。

だが。

「君は誰かな？」

「リアム・ルヴェル。ロイ・ルヴェルの兄でございます」

タウンゼット公爵に答えつつ、リアムの目はナイジェルに向けられていた。

タウンゼット公爵は失礼な若者を見て、ああ、と呟く。

「ルヴェル男爵の長男か。下がりたまえ。今は」

「兄として――陛下にお伺いしたく存じます。弟はたしかに優秀ではありません。真面目でもありません。しかし、卑怯《ひきょう》ではございません。弟は、父のもとにいち早く伝令に向かったのです。その証拠に父だけが学院に駆けつけることができました。これは功績でございます。敵が迫る中……学友や妹を置いて、馬を走らせた弟の気持ちを考えれば、涙すら出てきます。ゆえに……妹すら置き去りにして逃げたなどと言われるいわれはございません。このこと、陛下はどうお考えでしょう？」

「リアム・ルヴェル君。君は少し」

「私は!!　陛下に問うております。少々、黙っていていただきたい」

口を挟むタウンゼット公爵に対して、そう言うとリアムはナイジェルをジッと見つめた。

無表情だったナイジェルの顔が少しだけ動いた。

愉快そうに。

「無礼な!!　誰かつまみ出せ!!」

タウンゼット公爵の言葉に従い、衛兵が動こうとする。

しかし。

「リアム・ルヴェル。私はロイ・ルヴェルの行いこそ、英雄の所業と思っている。敵を前にして、安全地帯に逃げるのは簡単だ。しかし、ロイは安全な国境に逃げることはしなかった。父のもとへ向かい、援軍を呼びに行った。見事というしかないだろう。あの状況では最善の一手だった。これを愚弄すれば……伝令を行う者、すべてを卑怯者と呼ぶ羽目になるだろうな」

「では……弟に処罰はございませんね？」

「無論だ。近々、ルヴェル男爵と共に城へ招こう。配慮に欠けてすまなかったな。よく、前に出て訴えてくれた。お前が前に出てくれなければ、功労者を労《ねぎら》わない愚王となるところだった」

　そう言ってナイジェルはリアムを下がらせる。

　望む答えを貰《もら》えたリアムは、大人しく下がっていく。

　そして。

「さて、タウンゼット公爵。何の話でしたか？　伝令の大切さでしたか？　それとも、ご子息の話でしたか？　報告ではご子息の名前はなかったが。タウンゼット公爵のご子息のことだ。さぞやご活躍だったのだろう。感謝する」

「は、はっ……」

「さて、よき会談だった。私は失礼しよう」

　そう言ってナイジェルは立ち上がる。

　そのままナイジェルは下がっていき、タウンゼット公爵も下がっていく。

　リアムはその後、上司である外務大臣から説教を受けることになったが、処罰らしい処罰はナイジェルの意向で何もなかったのだった。

12

あれから数日。

学院に平穏が戻ってきた。

同時に俺にもようやくゆっくりできる時間がやってきた。

王国では英雄として歓迎され、面倒なお世辞祭りに付き合わされるし、皇国では蔑ろにされた皇王と重臣たちが激怒するし。

ここ数日はまったく気が休まらなかった。

とりあえず、功績に免じて俺とヴァレールの独断は不問とされた。

まぁ、処罰するわけにはいかなかったというのが本当のところだ。

皇王からすれば罰の一つでも命じたいところだろうが、これを処罰して十二天魔導に不満を溜《た》められても困るということで、不問となった。

そんなこんなで、俺はやっとゆっくりできる時間を得たのだが。

「それでね！　それでね！　あたしは言ったの！　そっちばかりが遠距離攻撃を持っていると思わないでよ!!　って。そして!!　あたしの長距離攻撃が命中して、敵は後退を余儀なくされたんだよ!!」

いつもの森。

俺は息抜きの風景画を描きながら、アネットの自慢話を聞いていた。

部屋で寝ていたのに、アネットが修行に付き合ってと言ってきたのだ。

まぁ、授業を受ける気分でもなかったため、別にいいんだが。

さきほどからアネットはご機嫌で、防衛戦の様子を語っている。

実際、アネットの功績は大きかった。

参戦した生徒には公王直々に感謝状が贈られたが、特にアネットとユキナは直接名指しで感謝を述べられる栄誉にあずかった。

そのため、ユキナとアネットは今、ちょっとした有名人状態だ。元々、二人は学院内では有名人だったが。

武勇伝ならいくらでも聞く人はいるだろうに。

「それで？　その長距離攻撃を成功させた人物が、的当てに苦戦しているようだけど？」

「ロイ君！　良くないよ！　人が良かったときのことを思い出して、ポジティブな思考を保とうとしているのに!!」

アネットの先には小さな的が用意されている。

威力を絞り、その的に当てる練習をしているが、今のところ上手くいっていない。

範囲が広すぎて、当たりはするが、的に当てているという感じではないのだ。

威力を高めて遠くを狙うことはできても、威力を低くして、近くの的を狙うのは苦手なのがアネットらしい。

「わぁぁぁぁ!!!!　また駄目だった!!」

半泣きになりながら、アネットは焦げ付いた小さな的を横に置いて、新しい的を置く。

まだまだではあるが、泉に向かって撃っていた頃よりはだいぶ成長している。

これに関しては人それぞれだ。感覚を摑《つか》むまでやるしかない。

普通の魔導師が当たり前にやってきた反復練習を、アネットはやってきていないのだ。

時間はかかる。

ただ、今回の防衛戦で活躍したことで皇国はアネットのことを認知した。

今までは一般生徒の一人程度だったが、素質ある学生だと認めたのだ。

十二天魔導を狙える若い魔導師は希少だ。

その魔導師のためなら、皇国は援助を惜しまないだろう。

たとえば、学院の防御魔法をより強固にするため、魔導師を派遣したりもするはずだ。

「そういえば報奨金も出たらしいけど、どうするんだ?」

「そう!　報奨金が出たんだよ!　下の子たちにいっぱい、お土産《みやげ》を買っていくんだ!!」

えへへ、とアネットは笑う。

そんなアネットに俺は、

「良かったな」

「うん!　けど、まだまだだよ。これは始まり。こうやって一歩ずつ進んで、認めてもらって。そのたびに強くなって。そしたら見えてくるんだ。十二天魔導の座が」

アネットは的をセットし終えると、ゆっくりと下がる。

その顔はいつになく真剣だ。

そして。

「剣聖の戦いを見たんだ。あのレベルに至らないと、大賢者にはなれない。まだまだ遠いけど、昨日より今日。あたしは階段を上るんだ。へこんでいる暇なんて……ない!!」

アネットの放った火球はいつもより小さかった。

けれど、それは圧縮されたから。

練り上げられた火球は的を掠《かす》り、後方で爆発する。

「うわぁぁぁぁ!!　惜しいぃぃぃ!!!!」

アネットは地団駄を踏むが、俺はそれに驚いていた。

実戦というのは人を成長させるが、それにしてもとりあえず撃つだけだった子が、圧縮を感覚でやってのけた。

圧縮は高等技術。威力を弱めるほうが遥《はる》かに簡単だ。

なにせ威力をそのままにして、効果範囲を絞るのだから。

アネットはたぶん自分がやっていることに気づいていない。

これも一つの才能か、と思いつつ、俺は苦笑しながらせっせと的をセットするアネットを見守るのだった。

13

夕方。

今日はレナが夕食を作る。父上の話では、防衛戦の最中、レナの力が一瞬だけ発現したらしいが、周りの様子からバレた感じはない。帝国側もそこに注目している様子は見れなかった。

多少、気になっているだろうが、それより剣聖と大賢者のインパクトが上回っているんだろう。

気絶したため、しばらくは安静にしていたが、今日から復帰だ。本人たっての希望で。

そのうち呼びに来るだろうと部屋で待っていると。

「ロイ君、ユキナだけれど」

「うん？　どうした？」

この時間に来るのは珍しい。

扉が開けられる。

そこには神妙な顔のユキナがいた。

「少し……話せる？」

「いいぞ」

「じゃあ、少し散歩しましょう」

そう言ってユキナは俺を外に連れ出した。

■■■

散歩といっても学院内を歩くだけ。

しばらくユキナは何も言わずに歩いていた。

学院に戻ってきてからゆっくり話す機会はなかった。

俺が忙しすぎたからだ。

いい機会かもしれない。

「公王陛下から感謝状が贈られたって聞いたけど？」

「来たわよ。なんなら国王陛下からも来たわ。アルビオス王国の矜持《きょうじ》をよく守ってくれたって」

「それはそれは。なかなかないことだろ？」

「そうね。実家からもかなり褒められたわ。当然といえば当然ね。多くの貴族の子弟が避難を選んだから」

「普通、避難するだろ。剣聖が間に合ったからいいものの、帝国軍は相当な戦力だった。父上が打つ手がない状況になるなんて、相当だ」

「けど、私がいなければ学院はもっと早くに陥落していたわ。もちろんアネットさんやレナさん、それにルヴェル男爵もだけれど。みんなが力を合わせたから剣聖の到着まで耐えられたの。逃げなくてよかったと心の底から思っているわ」

ユキナは表情を変えずにそう言った。

本当にそう思っているんだろう。

そして。

「だから、ロイ君の行動は正しいわ。あの状況でルヴェル男爵を呼びに行ったのは……最善だったと私は思う」

「それを言うために散歩に誘ったのか？　落ち込んでいると思っているなら杞憂《きゆう》だぞ」

「その程度で落ち込まないことは知っているわ。ただ、私の考えを伝えただけ」

「なるほど。一応、感謝しておく」

肩を竦《すく》めて俺は感謝を述べた。

しかし、どうも様子がおかしい。

こんなことを言うために散歩に誘うとは思えない。

そんな風に思っていると。

「ねぇ、ロイ君」

前を歩いていたユキナがクルリと振り向いた。

長い黒髪がフワリとなびく。

ユキナほどの美人だと、それだけでずいぶんと映える。

そしてユキナは微笑《ほほえ》んだ。

「剣聖の戦いを見たの。あんな間近で見られるなんて幸運だったわ」

「よく喜べるな……剣聖の戦いなんて近くじゃ絶対見たくないぞ。大賢者と剣聖は同格。そして大賢者は四十万の大軍を撃退したんだぞ？　人間とは思えない」

「そうかもしれないわね。けど、私はその剣聖を目指しているから。目標が明確になって、自分との距離もわかったわ。まだまだ私は及ばない。だから頑張らないと」

そう言ってユキナは機嫌よさげに話す。

そのままユキナが俺の傍《そば》に寄ってきた。

とても自然に体を寄せてきたから、反応が遅れる。

ユキナはそのまま俺の耳元でささやいた。

「これからも指導をお願いね？」

「指導って……ユキナ、君相手に俺ができることなんて」

いきなり近づかれた俺は、慌ててユキナから距離を取る。

そんな俺に対してユキナはニッコリと笑った。

滅多《めった》に見せない満面の笑みだ。

なにか嫌な予感がした。

心がざわつく。

思わず一歩後ずさるが……。

「できるわ。だってロイ君は――」

白の剣聖なんだから。

ただの冗談。こちらの反応を窺《うかが》っているだけ。

そんな風に思ったが、目は真剣だった。

間違いなく。

ユキナは確信している。

「いきなりどうした……?」

「私の魔眼のことは知っているわよね? 剣聖の動きを見て、ロイ君の動きと被《かぶ》ったの。普段の動きとは全く違ったけど……一つだけ。〝突き〟の動きが同じだったわ。秘剣・灯火《ともしび》を放ったときと」

思わず舌打ちが出そうになる。

普段の俺の動きから剣聖と繋《つな》がることはありえない。

それは気を付けている。

けれど、たしかに秘剣・灯火を放ったとき。

俺は自分のやりやすいように突きを出してしまった。

相手にムカついたから、ちょっと力を入れてしまったのだ。

そのときの動きと剣聖の動きが被ったなんて、ユキナ以外が言えば世迷言《よまいごと》だが、ユキナはしっかりと俺の動きを追える魔眼を持っている。

言い逃れはできない。

「驚いたわ。ふらりと現れて剣聖の座についた旅の剣士が……ロイ君だったなんて」

「いやぁ……」

「否定は無意味だからやめて。誰かに言う気はないわ。黙っている理由も大体察しはつくわ。けど、タダで黙っているのはもったいないと思わない？」

「……」

「次代の剣聖を育てるのも……剣聖の責務だと思わないかしら？」

ユキナはそう言って可愛《かわい》らしくウィンクする。

まるで天使のような仕草だが、今の俺には悪魔に見えた。

なんてこった。

こんな形でばれるなんて。

「……君のことを侮りすぎたな」

「交渉成立ってことでいいかしら？」

「……俺はさっさと剣聖をやめたい。だから次代の剣聖が現れるなら本望だ。けれど、それは俺に匹敵する剣士じゃないといけない」

「私じゃ剣聖になれない？」

「それはわからない。けれど……教えるなら、なってもらわないと困る。俺はそこまで暇じゃない」

「それは任せて。必ずロイ君を倒して、剣聖になってみせるから。だから、私を育ててね？」

ユキナの言葉に俺はため息を吐《つ》く。

確実に俺の後継者になれるような人材を弟子にするつもりが、こんな押し切られる形で弟子を取ることになるとは……。

まぁ、ある意味、俺を出し抜いたわけだし。

剣聖の後継者として申し分ない資質を見せたといえるだろう。

ただ、こんな鋭い弟子を傍に置いておくと。

俺のもう一つの秘密までバレかねない。

だから嫌だったんだけどなぁ……。

そう思いつつ、俺は夜空を見上げる。

どうして俺のやること為《な》すこと、思い通りにいかないんだろうか。

やれやれだな、まったく。

■■■

帝国。

皇帝の居城で一人の男が、城の主《あるじ》、皇帝の前に膝をついていた。

「さて、貴様の見解を聞こうか。魔族としての、な」

「はっ、剣聖と大賢者については、ほぼ間違いないかと」

「なるほど。文献だけの存在、〝星霊《せいれい》の使徒《しと》〟。無限の魔力を持つ伝説の存在が余の敵に回るか

……」

皇帝は頬杖《ほおづえ》をつきながら、不敵に笑う。

とても四十万の大軍を壊滅させられた国の主とは思えない余裕だった。

「相手は二人。一人でも厄介な存在です。どうされるおつもりですか？」

「知れたこと。こちらも最大戦力をぶつけるのみ。我が親衛隊を派遣するとしよう。無論、貴様らの力も借りるぞ？」

「はっ、陛下の仰せのままに」

恭しく頭を下げた魔族は、その場から一瞬で消え去った。

それを見ながら、皇帝は鼻で笑う。

「魔族の言葉ほど信用ならんものはないな。しかし、相手が相手だ。利用できるモノは利用しなければ……三国さえ落とせば我が悲願、大陸をこの手に収めることができる」

皇帝は右手を突き出し、ゆっくりと握りしめる。

そして。

「最後の最後で伝説が相手とは面白い……上古の伝説。我が前に跪《ひざまず》かせてみせよう！」

皇帝は立ち上がり、そう宣言するのだった。

最強落第《さいきょうらくだい》貴族《きぞく》の剣魔《けんま》極《きわ》めし暗闘譚《あんとうたん》

著　タンバ

角川スニーカー文庫　23838

2023年10月1日　初版発行

発行者　山下直久

発　行　株式会社KADOKAWA
〒102-8177 東京都千代田区富士見2-13-3
電話　0570-002-301（ナビダイヤル）

印刷所　株式会社暁印刷

製本所　本間製本株式会社

Printed in Japan　ISBN 978-4-04-114183-0　C0193

★ご意見、ご感想をお送りください★
〒102-8177 東京都千代田区富士見 2-13-3
株式会社KADOKAWA　角川スニーカー文庫編集部気付
「タンバ」先生「へりがる」先生

角川文庫発刊に際して

角　川　源　義

第二次世界大戦の敗北は、軍事力の敗北であった以上に、私たちの若い文化力の敗退であった。私たちの文化が戦争に対して如何に無力であり、単なるあだ花に過ぎなかったかを、私たちは身を以て体験し痛感した。西洋近代文化の摂取にとって、明治以後八十年の歳月は決して短かすぎたとは言えない。にもかかわらず、近代文化の伝統を確立し、自由な批判と柔軟な良識に富む文化層として自らを形成することに私たちは失敗して来た。そしてこれは、各層への文化の普及滲透を任務とする出版人の責任でもあった。

一九四五年以来、私たちは再び振出しに戻り、第一歩から踏み出すことを余儀なくされた。これは大きな不幸ではあるが、反面、これまでの混沌・未熟・歪曲の中にあった我が国の文化に秩序と確たる基礎を齎らすためには絶好の機会でもある。角川書店は、このような祖国の文化的危機にあたり、微力をも顧みず再建の礎石たるべき抱負と決意とをもって出発したが、ここに創立以来の念願を果すべく角川文庫を発刊する。これまで刊行されたあらゆる全集叢書文庫類の長所と短所とを検討し、古今東西の不朽の典籍を、良心的編集のもとに、廉価に、そして書架にふさわしい美本として、多くのひとびとに提供しようとする。しかし私たちは徒らに百科全書的な知識のジレッタントを作ることを目的とせず、あくまで祖国の文化に秩序と再建への道を示し、この文庫を角川書店の栄ある事業として、今後永久に継続発展せしめ、学芸と教養との殿堂として大成せんことを期したい。多くの読書子の愛情ある忠言と支持とによって、この希望と抱負とを完遂せしめられんことを願う。

一九四九年五月三日

超人気WEB小説が書籍化!
最強皇子による縦横無尽の
暗躍ファンタジー!
最強出涸らし皇子の
暗躍帝位争い
無能を演じるSSランク皇子は皇位継承戦を影から支配する
タンバ イラスト 夕薙
無能・無気力な最低皇子アルノルト。優秀な双子の弟に
全てを持っていかれた出涸らし皇子と、誰からも馬鹿に
されていた。しかし、次期皇帝をめぐる争いが激化し危
機が迫ったことで遂に"本気を出す"ことを決意する!
スニーカー文庫

入栖
—Author
Iris
神奈月昇
—Illust
Noboru Kannnatuki
マジカル☆エクスプローラー
—Title
Magical Explorer
エロゲの友人キャラに転生したけど、ゲーム知識使って自由に生きる
Reincarnated as a Eroge Hero's Friend,
I'll live freely with my Eroge knowledge.
知識チートで
二度目の人生を
完全攻略！
特設
ページは
▼コチラ!▼
スニーカー文庫

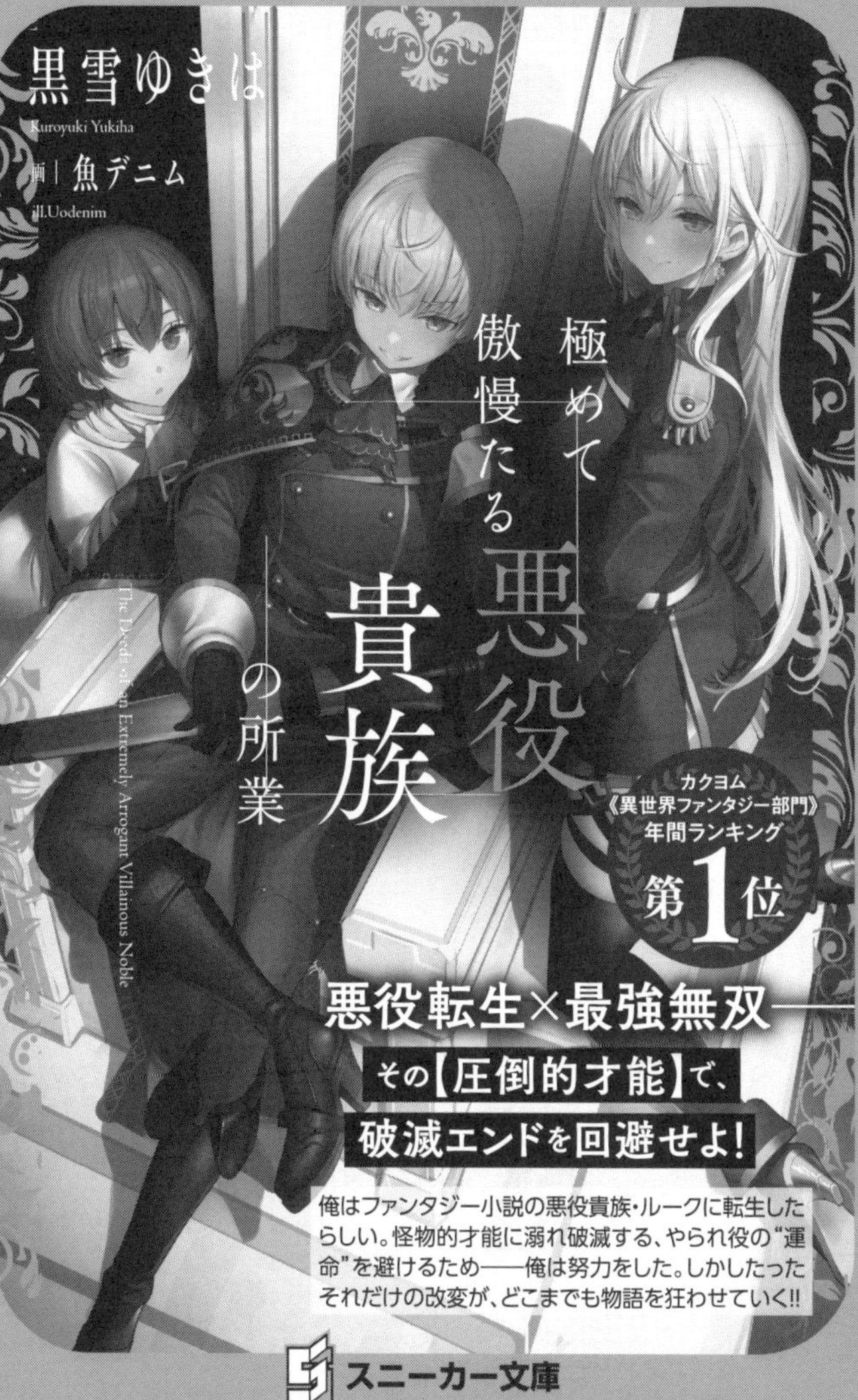
黒雪ゆきは
Kuroyuki Yukiha
画 | 魚デニム
ill.Uodenim
極めて傲慢たる悪役貴族の所業
The Deeds of an Extremely Arrogant Villainous Noble
カクヨム
《異世界ファンタジー部門》
年間ランキング
第1位
悪役転生×最強無双——
その【圧倒的才能】で、
破滅エンドを回避せよ!
俺はファンタジー小説の悪役貴族・ルークに転生したらしい。怪物的才能に溺れ破滅する、やられ役の“運命”を避けるため——俺は努力をした。しかしたったそれだけの改変が、どこまでも物語を狂わせていく!!
スニーカー文庫

すめらぎひよこ
illustration
Mika Pikazo
background painting
mocha
ep.1
魔王城、燃やしてみた
我が焔炎にひれ伏せ世界
12年ぶり「大賞」受賞作！
最強爆焔娘の異世界コメディ！
（あわよくば何か燃やしたい……）という欲求を抱いていたホムラは異世界へと招かれる――。燃やすことこそ大正義！ 焼却処分はエクスタシー!! 圧倒的火力で世界を制圧していく残念美少女ホムラの行く末は!?
第27回
スニーカー大賞
大賞
スニーカー文庫
The Devil's Castle, Burning
By my flame the world bows down

スニーカー文庫

世界最高の暗殺者、異世界貴族に転生する
The world's best assassin,
To reincarnate in a different world aristocrat
月夜 涙
画 れい亜
特設サイトは▼コチラ!▼
"伝説の暗殺者"、異世界で無双
最強×無敵の
アサシンズ・ファンタジー――!
世界一の暗殺者が、暗殺貴族の長男に転生した。現代であらゆる暗殺を可能にした知識と経験、そして暗殺者一族の秘術と魔法。その全てが相乗効果をうみ、彼は史上並び立つ者がいない暗殺者へと成長していく!!
スニーカー文庫